Let Your Life Speak

삶이 내게 말을 걸어올 때

무엇을 향해 달려가야 할지 인생의 방향을 잃고 낙심할 때 생각나는 책,
읽을 때마다 다른 감동을 준다.
— 날개달고님

세상에 태어날 때 가지고온 나의 방식이 무엇인지 잘 모르겠지만
이제야 온전히 나 자신을 바라볼 수 있을 것 같다.
— 월투게더님

내 안의 목소리를 따르는 삶을 사는 길을 보여주는 책
— 금방님

소명이란 성취해야 할 목표가 아니라 이미 주어진 선물임을 알게 되었다.
— 와타미님

하나의 문이 닫힌 이유에 골몰하기보다 열린 다른 문을 발견해야 한다는 걸 알려준 책
— ykdman님

'하고 싶은 일' 과 '해야 하는 일' 이 일치하지 않는 이들에게 추천한다.
— 파란하루키님

'너 지금 제대로 사는 것 같니?' 라는 물음이 들려오는 순간 읽어야 할 책.
지금까지의 삶을 되돌아보고 내 삶에 대해 천천히 생각해볼 수 있었다.
— 릴리86님

삶이 내게 말을 걸어올 때

가장 나답게 사는 길은 무엇일까?

파커 J. 파머 지음 | 홍윤주 옮김

한문화

한밤중에 깨어나

'지금 내 삶이 정말 내가 원하던 것일까?'를 물으며

잠을 설쳐 본 적이 있는 사람들에게

차 례

1

인생의 이야기에 귀 기울여라

Listening

to

Life

"내가 해야 할 일이 무엇인가?"를 묻기 전에

"나는 누구인가?"를 먼저 물어라.

인생에서 무엇을 이루고자 하기 전에,

인생이 당신을 통해

무엇을 이루고자 하는지에 귀 기울여라.

언젠가 저 강물이 얼어붙는 날

스스로에게 물어보기를

내가 어떤 실수들을 저질렀는지

내가 한 일들이 곧 내 인생인지

사람들이 천천히 머릿속에 떠오르네

어떤 이는 도움을

어떤 이는 상처를 주려 했지

스스로에게 물어보기를

그들의 지독한 사랑이나 미움이

어떻게 달랐는지

나 그대의 말을 들으리

그대와 나 돌아서서

저 말 없는 강물을 바라보며 기다릴 수 있으니

우리는 알고 있네

저 강물 속에, 흐르는 물살이 숨겨져 있음을

그리고 지금 우리가 보는 것처럼

침묵을 안고 수 마일을 흘러왔고 흘러갈 것을

저 강물의 말이 곧 나의 말임을

_ 윌리엄 스태퍼드 William Stafford의 '스스로에게 물어보기' 중에서

"스스로에게 물어보기. 내가 한 일들
이 곧 내 인생인지…."
어떤 사람들에게는 이 말이 그저 시인의 말장난에 불과한 무의

미한 소리로 들릴 수도 있다. '당연히 내가 해 온 일들이 내 인생이 지! 그럼 인생이 뭐람?' 하고 말이다. 그러나 나를 포함한 어떤 사람들에게는 이 말은 정곡을 찔러 가슴에 파문을 일으킨다.

　시인의 말은 지금 내 모습이 진정으로 내가 원하는 인생이 아니라는 사실을 깨달았던 순간들을 떠오르게 한다. 그런 순간이면 나는 얼음 밑을 흐르는 강물처럼 내 삶 속에 숨겨진 진정한 인생을 흘끗 본다. 그리고 시인의 마음으로 의문을 품어 본다.

　나는 무엇을 해야 하는가? 어떤 사람이 되어야 하는가?

　　　　　내가 '소명(vocation)'에 대한 의문에 눈 뜬 것은 삼십 대 초반의 일이다. 그 즈음 겉보기에는 모든 것이 잘 되어 가고 있었지만 나의 영혼은 텅 비어 있었다. 돈을 벌고, 권력을 얻고, 경쟁에서 이기거나 자기 자리를 탄탄하게 굳히는 일보다 더 의미 있는 삶의 길을 찾는 사람일지라도, 자칫하면 그 여정에서 자기 것이 아닌 인생을 살 수도 있음을 나는 어렴풋이 깨닫기 시작했다.

　그리고 내가 바로 그러고 있는 것이 아닐까 두려워하며 한밤중에 깨어나 몇 시간이고 천장만 바라보곤 했다. 당시 나는 내 안에 더욱 심오하고 진실한 인생이 숨어 있다는 사실을 알지 못했다. 더욱이 그러한 인생이 진짜 있는 것인지, 믿을 만한 것인지, 실현 가능한 것인지조차 확신하지 못하고 있었다.

그러다가 우연히 퀘이커 공동체에 전해 내려오는 오래된 경구 하나를 알게 되었다.

'네 인생의 목소리를 들어 보아라(Let your life speak).'

그 말은 내게 용기를 북돋아 주었다. 물론, 그때 나는 그 말의 의미를 충분히 이해했다고 생각했다. 이렇게 말이다.

'최고의 진리와 가치가 당신의 삶을 이끌도록 하라. 매사에 최고의 진리와 가치를 기준으로 행동하라.'

당시 나에게는 바로 그런 삶을 사는 것처럼 보이는 영웅들이 있었기 때문에 나름대로 그 말의 의미를 더욱 구체화할 수 있었다. 나에게 '네 인생의 목소리를 들어 보아라'라는 말은 바로 마틴 루터 킹 2세, 로자 파크스^{Rosa Parks}, 마하트마 간디, 도로시 데이^{Dorothy Day}처럼 숭고한 목표를 가진 삶을 살아야 한다는 의미로 다가왔다.

나는 내가 찾을 수 있는 최고의 이상을 늘어놓고는 그 이상을 달성하기 위해 앞으로 달려갔다. 그러나 결과는 참담했다. 대부분 어처구니없는 결말이었고 때로는 우스꽝스럽기까지 했다.

언제나 그 결과는 비현실적이었고 진정한 나 자신을 왜곡하는 것이었다. 원인은 나의 내면에서 밖으로 뻗어 나간 삶이 아니라 바깥 세계에서 안으로 밀려들어 온 삶이었기 때문이다. 나는 내 마음에 귀 기울이기보다 영웅들의 인생을 흉내 내는 '고상한' 길을 찾았던 것이다.

　　　　　　　삼십여 년이 지난 오늘, '네 인생의 목소리를 들어 보아라.'라는 말은 사뭇 다른 의미로 다가온다. 그 말 속에 내포된 여러 가지 의미와 나 자신의 단순하지 않은 경험을 그대로 반영하는 다음과 같은 의미로.

'당신이 인생에서 무엇을 이루고자 하기 전에, 인생이 당신을 통해 무엇을 이루고자 하는지에 귀 기울여라.'

'당신이 어떤 진리와 가치관에 따라 살 것인지를 결정하기 전에, 당신이 어떤 진리를 구현하고 어떤 가치를 대표해야 할지 인생이 들려 주는 목소리를 들어 보아라.'

젊은 시절, 나는 '네 인생의 목소리를 들어 보아라'라는 말을 이렇게 받아들였다. 내가 상상할 수 있는 최고의 가치를 만들어 내어 그것이 내 것이든 아니든 우격다짐으로 나의 인생에 꿰맞추어야 하는 것으로 말이다.

혹시 이 책을 읽는 당신도 가치란 원래 그렇게 받아들이는 것이라고 생각하는가? 만약 그렇게 생각한다면 그건 우리가 그동안 그렇게 배워왔기 때문이다.

세상에는 극단적으로 단순한 도덕주의자들이 있다. 그들은 도덕적인 삶이란 베스트셀러 처세서의 차례를 뒤적여 목록을 만들고, 그 목록을 일일이 체크해 가며 교양 있게 행동하려고 노력하는 것쯤으로 여긴다.

살다 보면 우리가 너무나 미숙한 나머지, 무너지지 않기 위해 어떤 가치를 버팀목처럼 세우고 그것에 의지해야 하는 순간이 있기는 하다. 하지만 그런 순간들이 어른이 되어서도 자주 되풀이된다면 무언가 크게 잘못된 것이다. 남의 인생을 살려고 하거나 추상적인 규범에 의존해서 살려고 하는 사람은 십중팔구 실패하게 마련이다. 나아가 아주 치명적인 손해를 입게 될 수도 있다.

나는 한때 소명을, 자기 인생이 원하든 원치 않든 따라야만 하는 단호한 의지의 행동이자 인생의 방향을 선택하는 엄숙한 결정이라고 생각했다. 만약 우리가 어떤 죄의식과 강박증에 사로잡혀 진리와 선^善의 길을 따른다면 소명에 대한 그런 접근법이 옳을지도 모른다.

하지만 내가 믿고 있는 것처럼 진정한 우리의 자아가 추구하는 것이 완전함이라면, 마음에도 없는 소명을 추구하는 것은 자신에 대한 폭력이다. 아무리 숭고한 비전이라 할지라도 자신의 내부에서 길러진 것이 아니라 밖에서부터 부여된 강제의 것이라면 그것은 심각한 폭력이다.

우리 안의 참자아는 침범을 당하면 우리에게 저항할 것이다. 진실을 인정할 때까지 때로는 비싼 대가를 치르게 하면서 우리 인생을 방해할 것이다. 소명은 의지에서 나오는 것이 아니다. 그것은 듣는 데서 출발한다. 우리는 인생의 목소리에 귀 기울여 그 참모습을 이해하려고 노력해야 한다. 그 참모습이 내가 원하는 인생의 모습과는 상당한 거리가 있다고 해도 말이다. 그렇지 않으면 내 인생은 내 의도가 아무리 진지하다 할지라도 결코 참된 의미를 갖지 못할 것이다.

소명의 참된 의미는 '보케이션^{vocation}'이라는 단어 안에 숨겨져 있다. 소명이라는 단어의 어원은 라틴어로 '목소리(voice)'이다. 소명은 내가 추구해야 할 목표를 의미하지 않는다. 소명은 내가 들어야 할 내면의 부름의 소리이다. 내가 살아가면서 이루고 싶은 일이 무엇인지를 말하기에 앞서, 내가 어떤 존재인지를 말해 주는 내 인생의 목소리에 귀 기울여야만 한다. 나만의 고유한 정체성을 일러 주는 진리와 가치에 귀 기울여야만 한다. 마지못해 따르는 삶의 기준이 아니라 진정한 내 인생을 살기 위해 따르지 않을 수 없는 그런 기준 말이다.

이러한 소명의 의미 이면에는, 때로는 소명이 에고ego의 영역을 침범하기 때문에 에고가 소명의 목소리를 듣지 않으려 한다는 진실이 숨어 있다. 사람은 누구나 일상에서 의식하는 '나(에고)'와는 다른 인생을 가지고 있다. 타고난 그릇으로서의 '나'로 살아가고자 하는 인생 말이다. 대대로 전해 오는 모든 지혜의 말씀이 가르치는 바가 바로 이것이다. 나의 에고가 보호 마스크와 이기적으로 꾸며 낸 이야기로 나를 정의하려는 방식과 나의 참자아의 실체 사이에는 바다를 사이에 둔 것만큼이나 큰 차이가 있다.

인생의 표면적인 경험 아래에 더 깊고 진실한 인생이 존재한다는 것을 깨닫기까지는 시간이 필요하며 고생도 해봐야 한다. 이것만으로도 '네 인생의 목소리에 귀 기울여라'라는 충고에 따라 살

기는 쉽지 않다. 더욱이 우리의 학교 교육은 첫날부터 자기 자신은 쏙 빼놓고 그 밖의 모든 것과 다른 사람의 말에 귀를 쫑긋 세우도록 만든다. 그러고는 나를 둘러싼 사람들과 외부의 힘을 가리키며 삶의 길잡이로 삼으라고 하지 않는가?

　　　　　　　나는 가끔 명상 워크숍을 이끌기도 하는데, 때로는 참가자들이 그 기간 동안 작성한 노트를 보여 주곤 한다. 그 내용을 보면 거의 한결같다. 사람들은 워크숍을 이끄는 안내자의 말을 자세하게 적어 두고 때로는 그룹 안의 어떤 현명한 사람의 말을 메모해 놓는다. 하지만, 자기 자신의 말을 적는 경우는 극히 드물다. 우리는 자기 내부의 소리만 빼고 그밖의 곳에서 들려 오는 말에는 열심히 귀를 기울인다.

나는 참가자들에게 노트를 서로 돌려보도록 한다. 우리가 하는 말들은 자기 스스로에게 하고 싶은 조언인 경우가 많기 때문이다. 흔히 우리는 입에 담아 말했다는 이유로 그 의미를 이해하고 있다고 착각하는 경우가 많다! 하지만 그렇지 않은 경우가 얼마나 많은가!

특히 이성理性이나 에고보다 더욱 깊은 곳에서 우러나오는 말을 할 때, 우리 내면의 스승이 진실을 말하고자 할 때 무의식적으로 흘러나오는 그런 종류의 말을 할 때는 더욱 그렇다. 그럴 때는 우리의 인생이 해 주는 말을 잘 듣고 받아 적어야 한다. 자기 자신의 진실을 잊지 않고, 그것을 들은 적이 있음을 부정하지 않기 위해서라도.

물론, 인생은 꼭 언어를 통해서만 말하지는 않는다. 행동과 반응, 직관과 본능, 감정과 몸의 상태를 통해서 어쩌면 말보다도 더욱 심오한 표현을 하고 있는지도 모른다. 사람에게도 식물처럼 어떤 특정한 경험의 방향으로 스스로를 끌어당기고 도움이 되지 않는 다른 것들을 멀리하려는 지향성이 있다. 만약 우리가 자기 경험에 대한 스스로의 반응을 읽어낼 수만 있다면(매일 우리가 무의식적으로 써 내려가는 그 텍스트를), 더욱 진정한 삶으로 나아가게 될 것이다.

하지만 인생으로 하여금 내가 듣고 싶어 하는 말, 남들에게 기꺼이 해 주고 싶은 말을 하게 해야 한다면, 또한 내가 듣기 싫은 말, 남들에게 결코 하고 싶지 않은 말도 하게 해야만 한다!

내 인생에는 능력과 미덕만 있는 것이 아니라 책임과 한계도 있으며, 실수와 어두운 그림자도 있다. '완전함'을 추구하는 데서 종종 무시하게 되는 것이 있다. 자신 있고 자랑스러운 면뿐만 아니라 싫어하는 것, 또는 스스로 부끄럽게 여기는 것까지 포용해야만 한다는 점이다. 그래서 시인은 이렇게 말한다.

"나 자신에게 물어보아라, 내가 저지른 실수들을."

　　　　　　　　이 책에서 나는 내 실수들을 자주 언급할 것이다. 내가 잘못한 선택들, 내 실체에 대한 오해들에 대해서 말이다. 그 순간들 속에 숨겨진 진실이야말로 진정한 나의 일을 찾는 중요한 열쇠가 되기 때문이다. 나는 때로 그런 실수 때문에 고통받기도 했지만 그것 때문에 낙심하지는 않는다. 우리 인생은 간디의 자서전 부제를 빌어 말하자면 '진실의 실험'이다. 실험에서는 나쁜 결과도 성공만큼이나 중요하기 때문이다. 내가 그런 실수를 저지르지 않았다면 어떻게 나의 진실과 소명을 깨달을 수 있었을지 모르겠다. 그랬다간 내가 훨씬 더 긴 책을 써야 했을 수도 있지만!

어떻게 자기 인생의 목소리에 귀 기울일 것인가 하는 문제는 연구해 볼 만한 가치가 있다. 우리 문화권에서는 쓸데없이 여러 방면에서 정보를 수집하려는 경향이 있다. 그 문제의 근원이 인간의 영혼일 때는 별 효과가 없는데도 말이다. 영혼은 소환장이나 반대 심문에는 응답하지 않는다. 영혼은 고요하게 그를 받아들이며 신뢰할 만한 상황에서만 자신의 진실을 말한다.

영혼은 야생동물과 같아서 거칠고 활달하며 노련하고 자립적이지만, 동시에 매우 수줍음을 탄다. 야생동물을 보려면 숲에 들어갈 때 절대로 요란한 소리를 내며 나오라고 불러대어선 안 된다. 오히려 살금살금 걸어 들어가서 한두 시간 정도 나무 밑에 앉아 조용히 기다려야 한다. 그때 우리가 기다리던 동물이 모습을 나타내고 그토록 보고 싶어 하던 야생의 모습을 만날 수 있게 된다.

앞에 나온 시가 침묵으로 끝나는 이유가 바로 이것이다. 그리고 내가 이 장을 마무리하면서 조금 당황스러운 이유이기도 하다. 내가 독자들을 침묵이 아닌 말로, 페이지마다 넘치는 말로 이끌고 있으니 말이다.

내가 하는 말이 침묵 속에서 나의 영혼으로부터 들은 그 말 그대로이기를 소망한다. 그리고 이 책을 읽는 독자들이 우리 주변을 둘러싸고 있는 침묵의 소리를 들을 수 있기를 소망한다. 우리 인생의 의미를 헤아리도록 도와 주는 것은 언제나 침묵이다. 또한 말로는 결코 건드릴 수조차 없는 깊은 의미를 깨닫게 해 주는 것도 역시 침묵이다.

2

이제 나 자신이 되다

Now

I

Become

Myself

소명은 의지에서 나오지 않는다.

그것은 듣는 데서부터 출발한다.

소명이란 성취해야 할

어떤 목표가 아니라

이미 주어져 있는 선물이다.

타고난
재능을
발견하는
일

나 이제 내가 되었네

여러 해, 여러 곳을 돌아다니느라

시간이 많이 걸렸네

나는 이리저리 흔들리고 녹아 없어져

다른 사람의 얼굴을 하고 있었네

(…)

_ 메이 사턴May Sarton의 '나 이제 내가 되었네' 중에서

사람이 본연의 자기 모습으로 돌아가는 데에 얼마나 오랜 시간이 걸리는가! 그 과정에서 자기 것이 아닌 남의 얼굴을 가면처럼 쓰는 일이 또 얼마나 많은가! 내면 깊은 곳의 정체성을 발견하기까지 우리의 에고는 얼마나 많이 녹아 내려야 하며 흔들림을 겪어야 하는가!

모든 사람의 내면에 존재하는 참자아, 이것이 바로 진정한 소명의 씨앗이자 우리 자신의 참된 정체성이다. 나는 교회 안에서 성장한 까닭에 '소명'의 의미에 대해 맨 먼저 배웠다. 신 앞에서 겸허하고 세상의 다양성을 존중하며 정의에 깊은 관심을 기울이는 종교적 전통에서 자란 것이 얼마나 고마운지 모른다.

하지만 그런 환경에서 내가 깨달은 '소명'의 개념은 왜곡된 것이었다. 소명이란 자신을 향해 외부에서부터 들려오는 도덕적인 요구의 목소리에서 시작된다고 생각했다. 자신이 아닌 다른 사람, 뭔가 지금의 자기 모습보다 더 훌륭하고 자신을 초월하는 어떤 사람이 되어야 한다는 상을 그리고 있었다.

소명에 대한 이러한 태도는 자아에 대한 깊은 불신에서 시작된다. 죄 많은 자아는 '선善'이라는 외부의 강제적 힘을 동원해 바로잡지 않는 한 늘 이기적일 수밖에 없다는 믿음에서 비롯한다. 그런

생각 때문에 나는 늘 내 인생을 잘 꾸려 나가기에는 부족한 존재
라는 느낌을 가졌다. 내게 기대되는 이상적인 모습과 실제 모습 사
이의 차이 때문에 죄의식을 만들어 내면서 그 격차를 좁히기 위해
몸부림치느라 지쳐갔다.

오늘날 내가 이해하는 소명의 의미는 상당히 다르다. 소명이란
성취해야 할 어떤 목표가 아니라 주어지는 선물이다. 소명의 발견
이란 얻기 힘든 상賞을 바라고 다투는 것이 아니라 이미 내 안에
가지고 있는 참자아의 보물을 받아들이는 것이다.

소명은 나 아닌 다른 어떤 존재가 되라고 '저쪽 바깥에서' 들려
오는 목소리에서 나오는 것이 아니다. 소명은 본래 타고난 그 사람
이 되어, 태어날 때 신이 주신 본연의 자아를 완성하라는 '여기 내
면에서' 들려오는 목소리에서 나온다.

그것은 기묘한 선물이자 우리가 세상에 태어나던 때의 바로 그
모습인 자아라는 선물이다. 이것을 선뜻 받아들이기란 다른 사람
으로 변신을 꾀하는 것보다 훨씬 힘들다! 나는 그 어려움 때문에
때로 그 선물을 외면하거나 감추어 두기도 했고, 그것으로부터 달
아나거나 함부로 써버리기도 했다. 나만 그런 게 아닐 것이다. 사
람들은 흔히 자기 아닌 다른 사람이 되고 싶어 하지 않는가!

자기 본연의 모습을 찾는 게 얼마나 중요한지를 잘 보여 주는 짤막한 하시디즘(유대교 신비주의 – 옮긴이)의 이야기가 하나 있다. 백발이 성성한 랍비 주즈야의 말이다.

"신은 내게 '왜 너는 모세 같은 사람이 되지 못했느냐?'라고 묻는 게 아니라, '왜 너는 주즈야답게 살지 못했느냐?'라고 물을 것이오."

우리 모두가 어떤 재능을 선물받고 이 땅에 태어났다는 사실이 못내 의심스럽다면 갓난아기나 아주 어린아이를 잘 살펴보라.

두세 해 전, 딸아이가 갓 태어난 손녀를 데리고 우리 집에 잠시 기거한 적이 있다. 하루하루 세상에서 처음 맞이하는 나날을 보내는 손녀를 보면서, 나는 오십 줄에 접어든 할아버지가 되어서야 이십 대 아버지일 때는 미처 보지 못했던 어떤 진실을 볼 수 있었다.

나의 손녀는 이럴 수도 있고 저럴 수도 있는 사람이 아니라 바로 '이런' 존재로 이 땅에 온 것이었다. 아이는 장차 세상이 부여할 어떤 이미지로 만들어질 재료로 태어난 게 아니었다. 아이는 이미 자기만의 형상을 선물받았으며 자기만의 숭고한 영혼을 지니고 있었다.

토머스 머튼Thomas Merton은 이것을 참자아라고 했고, 퀘이커 공동체에서는 내면의 빛, 또는 각 개인의 내면에 존재하는 '신의 형상'이라고 부르며, 인문주의자들은 정체성이나 본성이라고 부른다. 무엇이라고 부르든 그것은 너무나도 고귀하다.

갓난아기인 손녀딸의 모습에서 나는 날 때부터 아이 내면에 심어져 있는 성향과 기질을 관찰하기 시작했다. 아이가 무엇을 좋아하고 무엇을 싫어하는지, 무엇에 얼굴을 찡그리고 기분 나빠 하는지, 어떻게 몸을 움직이는지, 어떤 행동을 하고 무슨 말을 하는지 알아차리게 되었고, 그건 지금까지도 이어진다.

나는 내가 관찰한 내용들을 편지에 적어 놓고 있다. 손녀딸이 스무 살이 될 즈음에 이 편지를 보낼 것이다. 나는 그 편지에 이런 서문을 함께 적었다.

'네가 이 세상에 처음 왔을 때의 모습을 그려 놓은 것이다. 물론 명확한 그림은 아니지. 명확한 그림을 그릴 수 있는 사람은 너뿐이니까. 그래도 너를 너무나 사랑하는 어떤 사람이 그린 그림이란다. 어쩌면 이 기록이 할아버지가 훨씬 나중에서야 해낸 일들을 네가 더 일찍 해낼 수 있도록 하는 데에 도움이 될지도 모르겠다. 바로 네가 세상에 태어났을 때의 모습을 기억하고 참자아라는 선물을 되찾는 일 말이다.'

사람은 누구나 천부의 재능을 타고 이 땅에 태어난다. 그래놓고
는 인생의 절반을 그 재능을 내버리거나 다른 사람들의 말에 미혹
되어 잊어버리고 산다. 젊은 시절, 우리는 자신의 진정한 모습과는
별 상관없는 기대들에 둘러싸인다. 우리의 자아를 알아주기보다
는 어떤 틀 안에 끼워 맞추려는 사람들의 기대 말이다.

가정, 학교, 직장, 종교 단체에서 우리는 참자아를 버리고 사회
적인 기준에 맞추어 살아가도록 교육받는다. 인종차별주의, 성차
별주의와 같은 사회적 압력에 짓눌려 자기 본래의 형상은 알아볼
수 없을 만큼 망가질 때도 있다. 또한 우리 자신 역시 두려움에 내
몰린 나머지 다른 사람들에게 인정받기 위해 참자아를 배반하는
일이 너무나 많다.

우리는 인생의 전반부를 살면서 본래 타고난 재능이 있었음을
잊어버리고 만다. 그러다가 혹시라도 눈을 뜨고 깨달아 잃어버린
것을 알게 되면, 나머지 후반의 인생을 바쳐 원래 갖고 있던 선물
을 되찾기 위해 애쓴다.

참자아의 선로를 벗어났을 때, 어떻게
하면 그 흔적을 다시 찾아갈 수 있을까? 한 가지 방법은 타고난 재

능에 좀더 근접하게 살았던 어렸을 때의 기억에서 실마리를 찾는
것이다.

몇 해 전, 나는 일종의 타임머신에서 몇 가지 실마리를 찾았다.
친구가 너덜너덜해진 고등학교 신문을 한 부 보내왔는데, 거기에
는 1957년에 나의 장래 희망에 대해 인터뷰했던 기사가 실려 있었
다. 고등학교 졸업반 시절, 부푼 기대와 자신감에 차 있던 나는 장
차 해군 항해사가 될 것이며 그 다음엔 광고계에 진출할 것이라고
말하고 있었다.

사실 나는 그때 '남의 얼굴을 쓰고' 있었는데, 그게 정확히 누구
의 얼굴인지도 알고 있다. 아버지의 동료 중에 예전에 해군 조타수
로 일했던 분이 있었다. 그 분은 아일랜드인으로 사람을 끄는 카리
스마가 있고 낭만적이었으며, 거친 바다 내음을 풍기는 사나이 중
의 사나이였다. 그는 모든 사람의 찬사를 받기에 아깝지 않은 사람
이었다. 나도 그분처럼 되고 싶었다.

또 어린 시절, 한 친구의 아버지가 광고업에 종사하고 있었다.
그의 모습은 너무 평범해서 별로 닮고 싶은 생각은 없었다. 그러나
그를 대변하는 액세서리인 멋진 자동차와 다른 덩치 큰 장난감들
은 정말 가지고 싶었다!

이러한 '자기 예언'들은 오십을 훌쩍 넘은 지금에 와서 보니 완전히 엉터리였다. 지금의 나는 퀘이커 교도로 평화주의자를 지향하는 작가이자 교사이며 행동주의자가 되어 있지 않은가? 이 사실을 있는 그대로 보면, 우리가 인생에서 얼마나 일찍 자기 본연의 선로를 이탈하는지 알 수 있다.

하지만 역설의 렌즈를 끼고 보면, 항해사와 광고인이 되고 싶어 했던 내 소망에는 오랜 세월 뒤에 모습을 드러낼 참자아의 단서들이 들어 있음을 알 수 있다. 단서란 말 그대로 암호화되어 있어 해독해야 알 수 있는 법이다.

광고인이 되겠다는 내 희망 속에 숨겨진 것은, 내가 말과 말이 지닌 설득력에 매혹당할 거라는 사실이었다. 바로 그 매력 때문에 나는 수십 년 동안 끊임없이 저술 활동을 해온 게 아닌가?

해군 항해사가 되겠다는 희망 속에 숨겨진 것은 더 복잡했다. 폭력을 싫어하는 개인적인 성향이 처음엔 군인에 대한 환상으로 발현되었다가, 많은 세월이 흐른 지금에 와서 오늘날 내가 열망하는 평화주의로 녹아든 것이다. 고교 시절, 그토록 꼭 움켜쥐고 있던 정체성이라는 이름의 동전을 뒤집어 보면, 시간이 흐르면서 모습을 드러낸 역설적인 '정반대'의 모습을 발견하게 된다.

더 어렸을 때로 돌아가 보면 내가 타고난 재능과 소명을 해독해 낼 실마리를 찾기는 더욱 쉽다. 초등학교 시절, 나는 비행飛行의 신비에 푹 빠져 있었다. 그 시기의 아이들이 대개 그렇듯이, 나는 모형 비행기를 디자인하고 조립하고 날려보고 그리고 대개는 충돌시켜 박살내는 데에 방과 후나 주말 대부분의 시간을 보냈다.

하지만 다른 아이들과는 달리 나는 또 오랜 시간을 들여 비행술에 대한 여덟 쪽짜리, 열두 쪽짜리 책을 만들었다. 종이 한 장을 옆으로 놓고 가운데에 수직선을 하나 그어 날개의 횡단면과 같은 설계도를 몇 장 그리고는 종이를 타자기에 밀어 넣었다. 비행기 표면을 가로지르는 공기의 흐름이 어떻게 진공 상태를 만들어 비행기를 날 수 있게 밀어 올리는지 설명을 적어 넣은 것이다. 그런 다음 이미 만들어 놓은 다른 종이 몇 장이랑 같이 반으로 접어 가운데를 스테이플러로 고정시키고 책의 표지 그림을 만드느라 진땀을 흘렸다.

내가 이런 문서 작업에 열을 올렸던 건 비행에 매혹되어 있었기 때문에, 비행기 조종사 아니면 적어도 항공 기술자가 되고 싶어서 그런 거라고 생각했다. 하지만 얼마 전, 낡은 종이 상자에서 이러한 문학적 가공물을 찾아낸 나는 문득 진실을 깨달았다. 상상했던 것 이상으로 명백한 진실을 말이다. 나는 조종사나 항공 기술자, 아니 항공과 관련된 그 어떤 일을 하고 싶은 게 아니었다. 내가 하고 싶은 일은 작가, 책을 만드는 일이었다. 초등학교 3학년 때부터 바로 그 일을 하고 있었던 것이다!

애초부터 우리의 인생은 참자아와 소명에 대한 어떤 단서를 갖고 시작한다. 그 단서를 해독하는 일이 어렵기는 하지만 그래도 그것을 풀어내는 일은 큰 의미가 있다. 특히 이십 대나 삼십 대, 사십 대가 되어서도 갈 길을 몰라 방황하거나 이리저리 끌려 다니느라 자신의 타고난 재능을 까맣게 잊고 살 때는 더욱 그렇다.

그런 실마리들은 '해야 할 일'에 매여 살아야 한다는 전통적인 소명의 개념에 맞서고자 할 때 유용하다. 추상적인 도덕률은 듣기에는 고상하지만 그것을 따라가는 한 본연의 소명의 목소리를 들을 수 없다.

모세가 되기 위해 발버둥치기보다는 주즈야로 이 땅에 살고자 할 때 비로소 참된 소명을 발견할 수 있다. 소명에 대한 가장 깊은 질문은 '내가 해야 할 일은 무엇인가?'가 아니다. 더욱 본질적이며 어려운 질문은 '나는 누구인가? 내가 타고난 본성은 무엇인가?'이다.

세상 만물은 나름의 본성이 있다. 누구에게나 능력은 물론 한계도 있다. 한 예로, 도자기 만드는 일을 보자. 도자기를 만드는 일은 단순히 점토에게 무엇이 되어야 한다고 명령하는 것이 아니다. 점토는 도공의 손놀림에 따라 빚어지지만, 동시에 자기가 할 수 있는 것과 할 수 없는 것을 도공에게 얘기하고 있다. 만약 도공이 점토의 이야기를 듣지 않는다면 결과는 깨진 파편이나 보기 흉한 물건이 된다. 공학工學이란 그저 재료를 향해 무엇을 해야 한다고 주장하는 것이 아니다. 건축기사가 철, 나무, 돌 같은 재료의 본성을 존중하지 않는다면 문제는 단순히 보기 싫은 정도에서 그치는 것이 아니라 다리나 건물이 무너지고 사람의 생명까지 위협하는 결과를 가져온다.

인간의 자아가 지닌 본성 역시 능력과 한계를 함께 지니고 있다. 자기가 가진 재료에 대한 이해 없이 소명을 구한다면 그 인생은 아름답지 못할 뿐만 아니라 자기를 비롯한 주위 사람들의 생명까지도 위험에 빠뜨릴 수 있다. 무언가 대단히 가치 있는 일에 몸을 바치면서 '꾸며대기'를 해봐야 아무 소용없다. 소명과도 전혀

상관없는 일이다. 그것은 자기 본성을 유린하는 무지하고 건방진 시도이며 결과는 언제나 실패로 끝난다.

우리의 가장 깊은 소명은 그것이 우리가 '되고자 하는' 어떤 이미지에 맞든 안 맞든 자기의 진정한 자아를 향해 성장하는 것이다. 그러다 보면 모든 인간이 추구하는 기쁨을 발견할 뿐만 아니라 세상에서 진정 우리가 갈 길을 발견하게 될 것이다.

진정한 소명은 자아(self)와 봉사(service)를 하나로 결합한다. 프레더릭 뷰크너Frederic Buechner는 소명을 '마음 깊은 곳에서의 기쁨과 세상의 절실한 요구가 만나는 지점'이라고 정의한 바 있다. 뷰크너의 정의는 소명이란 자아에서 시작하여 세상의 요구를 향해 나아간다는 것이다. 현명하게도 소명의 시작 지점을 제대로 본 것이다. 소명의 시작은 세상이 원하는 바가 아니라 인간 자아의 본성에서부터 비롯한다는 것을. 그것은 바로 자아에게 신이 창조한 선물로 이 땅에 태어났음을 깨닫는 크나큰 기쁨을 안겨 주는 것에서 시작한다.

세상의 얄팍한 도덕주의 문화와는 달리 여기서 강조하는 기쁨과 자아는 이기적인 의미가 아니다. 퀘이커 공동체의 지도자인 더글러스 스티어Douglas Steere는, '나는 누구인가?'라는 고대 인류의 의문은 불가피하게도 역시 중요한 문제인 '나는 누구의 것인가?' 라는 의문으로 귀결된다는 말을 즐겨했다. 왜냐하면 관계의 바깥에 떨어져 홀로 존재하는 자아란 없기 때문이다. 우리는 반드시 '자아'라는 질문을 던져야 하고 그 결과가 어떻든 최대한 정직하게 대답해야 한다. 그렇게 해야만 우리 인생의 진정한 공동체(community)를 만날 수 있다.

태어날 때부터 내 안에 심어진 참자아의 씨앗에 대한 깨달음이 많아질수록 내가 심어진 생태계에 대해서도 더 많은 걸 깨닫게 된다. 나는 이 관계의 그물망 속에서 모든 종류의 존재와 더불어 상호작용하며 책임감을 가지고 기쁨을 나누면서 살도록 되어 있는 것이다. 씨앗과 조직, 자아와 공동체 양쪽을 모두 알아야만 이웃과 나 자신을 모두 사랑하라는 위대한 가르침을 실현할 수 있다.

어둠으로의
여행

사람들은 대부분 오랜 세월 엉뚱한 곳을 헤매는 여행을 하고 나서야 자아와 소명의 개념에 눈을 뜬다. 하지만 이 여행은 아무 걱정 없는 '패키지여행 상품'과는 다르다. 그보다는 그 옛날의 고난과 어둠, 위험이 가득한 성지 여행이나 순례 여행과 흡사하다.

전통적인 순례에서는 그러한 고난을 부수적인 게 아니라 여행에서 빼놓을 수 없는 필수적인 것으로 여긴다. 위험천만한 지형과 악천후 속에서 넘어지고 길을 잃는 등 감당하기 힘든 어려움을 겪다 보면 눈가림하던 에고라는 환상이 사라지고 드디어 참자아가 모습을 드러낸다. 이렇게만 된다면 순례자는 그토록 원하던 성지에 한 걸음 더 가까이 간 것이다. 많은 여행과 고통을 통해 환상에서 벗어나는 날 우리는 문득 성지가 바로 지금 여기에 있음을 깨닫는다. 여행의 매 순간, 이 세상 어느 곳에 있든, 그것은 바로 우리 마음 깊은 곳에 성지를 향해 가는 여정이다.

하지만 우리는 그 빛으로 가득한 성지에 이르기 전에 반드시 어둠의 여행을 거쳐야만 한다. 내내 어둠의 순간만 있는 것은 아니다. 모든 순례의 길에는 사랑과 기쁨의 순간이 있기 마련이지만 어쨌든 흔히들 어둠에 대해서는 잘 이야기하려 하지 않는다. 드디어 어둠을 벗어나 빛의 세계로 들어서고 나면 자기는 한 번도 희망을 잃은 적이 없으며 기나긴 밤 두려움에 웅크려 떤 적도 없었다고 말하고 싶은 유혹에 넘어가는 것이다.

어둠의 경험은 진정한 나의 자아로 돌아오는 데에 꼭 필요했으며, 그것을 사실대로 말하는 것은 내가 빛 속에 머무르는 데에 도움이 된다. 하지만 나는 또 다른 이유 때문에 사실을 밝히고 싶다. 늘 그래왔듯이 오늘날에도 많은 젊은이들이 어둠 속을 헤매고 있는데 우리 어른들은 자기 인생의 어두운 부분을 꼭 감추어둔 채 그들을 모질게 대한다. 젊은 시절, 내게 자신의 어두운 경험을 애

기해 준 어른은 드물었고 대부분은 성공만 거듭해 온 것처럼 행동
했다.

이십 대 초반, 내게도 어둠이 드리우기 시작했을 때 나는 나만
홀로 구제불능의 실패를 겪고 있다고 생각했다. 모든 인류가 참가
하는 여행에 나도 함께 승선한 것뿐이라는 사실을 몰랐던 것이다.

내 여행 이야기 역시 다른 사람들의 것과 별 다를 게 없다. 단지
나는 나의 여정과 고생스러운 경험 몇 가지를 자세히 얘기함으로
써 이 글을 읽는 이들에게 소명에 대한 통찰력을 이끌어 내고 싶
다. 한편으로는 젊은이들에게 정직이라는 선물을 주고 싶다. 또 한
편으로는 누구든 필요한 사람에게, 조금씩 다른 개인적 경험이 자
아와 소명에 대해 일러 주는 바가 많다는 것을 일깨워 주고 싶어
서이다.

나의 어둠으로의 여행은 양지바른 곳
에서 시작되었다. 시카고 교외에서 자란 나는 미네소타 주의 칼튼
칼리지에 진학했다. 새로운 내 얼굴들을 찾아내기에 더할 나위 없
이 좋은 곳이었다. 하지만 그 얼굴들은 고등학교 때 걸쳤던 것들보
다는 훨씬 더 내 것 같은 얼굴이지만 여전히 남의 얼굴이었다.

대학 졸업 후, 그런 얼굴들 중 하나를 쓰고 내가 간 곳은 해군도 광고 업계도 아닌, 뉴욕 유니언신학교였다. 몇 해 전 광고와 항해 야말로 나의 소명이라고 생각했던 것과 마찬가지로, 목사가 되는 것이 나의 소명이라는 확신을 갖고 있었기 때문이다.

그러나 1학년 말에 내가 느낀 충격은 엄청난 것이었다. 하나님 은 내게 그저 그런 성적과 엄청난 고통을 줌으로써 내가 성직자가 되는 일은 불가능하다는 것을 깨닫게 하셨다. 50년대를 살던 청년 들이 대개 그러했듯, 늘 순종적이었던 나는 신학대학을 떠나 서부 버클리의 캘리포니아 대학으로 갔다. 그리고 그곳에서 사회학 박 사과정을 밟으며 60년대의 대부분을 보내면서 조금씩 반항적인 모습이 되어갔다. 60년대의 버클리는 놀랄 만큼 빛과 그늘이 혼재 되어 있었다. 하지만 오늘날 흔히 알려진 것과는 달리 많은 청년 들이 그늘에 유혹당하기보다는 희망과 공동체의식, 사회 변화에 대한 열망이 가득한 당시 사회 환경에서 비롯한 빛의 이끌림을 받 았다.

대학원 시절 이 년 동안 강사로 있으면서 내가 가르치는 일을 매우 좋아하고 자질도 있음을 알게 되었다. 그러나 버클리에서의 경험은 내게 대학에서 경력을 쌓는 것은 한낱 도피에 불과하다는 확신만 남겼다. 대신에 나는 '도시의 위기(urban crisis)'를 위해 일하는 것이 나의 소명이라는 생각을 했다. 그래서 60년대 말 버클리를 떠나면서 동시에 학계도 떠났다. 한 친구는 그런 나에게 자꾸만 "왜 미국으로 돌아가고 싶어 하는 거냐?"고 물었다. 나는 학계의 부패에 의분을 가득 품고는 백마를 타고(어떤 사람은 잔뜩 거만을 떤다고 하겠지만) 진실의 불꽃을 뿜는 칼을 높이 쳐들고 떠난 것이다. 나는 워싱턴 시내로 이주해서 교수가 아닌 커뮤니티 조직자가 되었다.

나는 그 일을 하면서 세상에 대해 배운 것들을 묶어 책으로 내기도 했다. 그때 내가 배운 중요한 사실 중 하나는 소명이야말로 한 사람이 전심을 다해 분투할 수 있는 원동력이 된다는 것이었다. 도덕적으로는 도시의 위기를 위해 일해야 한다는 의무감을 느꼈지만, 그 일을 하면서도 가르치는 일이 나의 소명일지도 모른다는 느낌은 점차 커져만 갔다. 내 마음은 가르치는 일에 가 있었지만 에고로 묶인 나의 도덕관념은 내가 도시 구제에 종사해야 한다고 주장했다. 어떻게 내가 서로 모순된 이 둘을 조화시킬 수 있었겠는가?

불안한 재정 문제 속에서 커뮤니티 조
직을 계속한 지 이 년이 지난 어느 날, 조지타운 대학에서 내게 교
수로 와 달라고 제의해왔다. 나의 백마에서 내려오지 않아도 되는
그런 자리였다. 학장은 이렇게 말했다.

"일주일 내내 학교에 계시라는 게 아닙니다. 우리 학생들을 커
뮤니티에 참여시켜 달라는 거지요. 종신 보장 교수직으로 수업은
최소한만 하면 되고 위원회 일은 안 해도 됩니다. 커뮤니티 일을
계속 하면서 우리 학생들을 함께 참여시켜 주십시오."

위원회 일은 안 해도 된다는 대목이 하늘이 내려 준 선물 같았
기에 그 제안을 받아들여 학부 학생들을 커뮤니티 조직에 참여시
켰다. 하지만 얼마 안 가 여기에 더 큰 선물이 숨겨져 있음을 알게
되었다. 내가 하던 커뮤니티 일을 교육이라는 눈으로 다시 바라봄
으로써 나는 조직자로서 계속 가르치는 일을 해 왔음을 깨달았다.
나는 벽 없는 교실에서 가르치고 있었던 것이다.

사실, 나는 다른 일을 할 수도 없었다. 늦게 깨달은 것이지만 가
르치는 일이야말로 내가 세상에 올 때 타고난 삶의 방식이다. 목사
가 되든, 기업의 최고 경영자가 되든, 아니면 시인이나 정치가가
되어서도 나는 가르치는 일을 할 것이다. 가르치는 일이야말로 내

소명의 본질이며, 내 직업이 무엇이든 그것은 명백히 드러날 것이다. 조지타운의 권유 덕분에 나는 '현장에서의 교육'이라는 일생의 탐험에 종사하는 첫걸음을 내딛게 되었다.

하지만 무언가를 조직하는 일의 난폭성과 나의 지나치게 예민한 천성이 근본적으로 잘 맞지 않는다는 사실에는 변함이 없었다. 대립과 경쟁으로 점철된 오 년을 보낸 후, 내 기력은 소진되고 말았다. 나는 훌륭한 커뮤니티 조직자가 되기에는 너무나 민감했다. 소명으로의 발돋움은 내게 너무도 힘에 부쳤다. 나는 참자아에 대한 자각보다는 도시 위기를 위해 일해야 한다는 '의무'에 쫓기는 생활을 해 왔던 것이다. 나 자신의 한계와 능력을 제대로 살피지 못한 채, 에고와 도덕관념에 나를 맡겨 내 영혼이 감당할 수 없는 상황에까지 이끌려 간 것이다.

나는 격렬한 공격을 감당할 만큼 강인하지 못한 자신에 실망했다. 그리고 수치스러웠다. 하지만 순례자들이 자신의 원정을 완수할 수 있을지 없을지 깨닫는 것과 마찬가지로, 우리는 강함을 통해서만 진실을 발견하는 게 아니라 약함을 통해서도 진실을 발견하게 된다.

내가 커뮤니티 조직이라는 일을 떠난 이유는 내 민감한 성격 탓에 지쳐버린 덕분이다. 조직자로서 나는, 나 자신도 나답게 살지 못한 곳, 소위 커뮤니티라는 곳으로 사람들을 이끌고 가려 했다. 내가 진정으로 커뮤니티와 관련된 일을 하고 싶었다면 나는 그때 내가 그랬던 것보다 더 깊이 커뮤니티에 몰두했어야 했다.

나는 평범한 백인 중산층 남자로서, 공동생활을 할 만한 사람이 아니다. 나 같은 사람들은 상호 의존적이 아니라 자율적, 독립적으로 살아가도록 길러졌다. 나는 경쟁해서 승리하도록 훈련받았으며 포상의 맛도 알았다. 하지만 내 안의 무언가가 경쟁이 아닌 공유의 삶을 동경했다. 내 안의 그 무언가는 내가 기력이 소진해서 어쩔 수 없이 다른 길을 찾아 나서지 않았다면 결코 자기 모습을 드러내지 않았을지도 모른다.

그래서 나는 워싱턴 일을 일 년간 쉬기로 하고 필라델피아 근교의 펜들힐Pendle Hill이라는 곳으로 갔다. 1930년에 창설된 펜들힐은 약 칠십 명의 퀘이커 교도로 이루어진 생활-학습 커뮤니티이다. 그들은 영적인 성장에 대한 교육과 비폭력적인 사회 변화, 그리고 이 둘을 접목한 전도를 중요한 일로 삼고 있다.

매일 아침 고요하게 드리는 예배, 하루 세 끼의 공동 식사, 학습, 육체적 노동, 의사 결정, 사회 봉사 등 그곳에 사는 사람들은 공동 생활을 통해 퀘이커 공동체의 신앙과 실천에 대한 실시간 실험이 이루어지고 있었다. 그것은 코뮌, 아시람, 수도원, 젠도, 키부츠였다. 뭐라 부르든 펜들힐은 이전에 내가 알던 것과는 전혀 다른 생활터전이었다.

펜들힐로의 이주는 마치 화성으로 가는 것 같았다. 그곳은 완전히 딴 세상이었다. 나는 여기서 딱 일 년만 머무른 뒤 다시 워싱턴으로 돌아가서 내 일을 다시 시작할 생각이었다. 하지만 일 년의 안식년이 끝나기 전에 나는 펜들힐 학교 교장이 되어 달라는 제안을 받았다. 나는 거기서 십 년을 더 머물렀고 커뮤니티에서 생활하면서 대안교육 모델에 대한 실험을 계속했다.

돌이켜 보면 이 시기에 나는 개인적으로나 직업적으로, 영적으로 많은 변화를 겪었다. 이 때의 경험이 없었다면 내 인생은 얼마나 메말랐을까? 하지만 나는 그곳에서도 일찌감치 내 소명의 궤도에 대한 깊고도 고통스러운 의심을 갖기 시작했다. 펜들힐에 머무르는 것이 내 소명이라는 느낌이 들기는 했지만 동시에 세상에서 동떨어져 나와 낙오자가 될지도 모른다는 생각에 불안했다.

고등학교 때부터 줄곧, 나는 뛰어난 지도자로 성공하리라는 기대를 한 몸에 받아왔다. 내가 스물아홉 살 때, 어떤 일류 대학의 학장이 버클리로 나를 찾아와서 대학 이사회의 일원이 되어 달라고 제안했다. 세상에, 농담을 하는 걸까? 당시 이사회에는 서른은 고사하고 예순 살이 안 된 사람이 한 명도 없었다. 게다가 그네들 중 아무도 턱수염을 기르지 않고 있었기에(나는 버클리의 유니폼인 양 턱수염을 달고 다녔다) 그가 농담을 하고 있다고 생각했다. 잠시 후 그는 이런 말을 덧붙였다.

"사실, 내가 이런 제안을 하는 건 언젠가 틀림없이 당신이 대학 학장이 되는 날이 올 것이기 때문입니다. 대학 이사 경험은 당신에게 중요한 견습이 될 겁니다."

나는 그가 옳다는 확신이 들어서 제안을 수락했다.

그로부터 육 년 후, 오트밀(정말로 퀘이커 교도들이 만드는 건지 잘 모르겠지만)로만 세상에 알려져 있는 '공동 생활촌(commune)'인 펜들힐에서 나는 무엇을 하고 있었던 걸까?

내가 하던 일을 얘기해 보겠다. 나는 초등학교 때 만들었던 점토 재떨이보다도 더 무겁고 모양도 형편없는 머그잔을 만드는 공예점에 있었다. 이 괴상하게 생긴 것들을 가족에게 선물로 보내기

도 했다. 지금은 돌아가신 나의 아버지는 당시 고가의 도자기 사업
을 하고 계셨는데 아버지께도 머그잔을 보내드렸다. 커피를 가득
채워도 그 무게를 느낄 수 없을 만큼 상당히 묵직한 잔으로.

　가족과 친구들, 그리고 나 스스로도 이렇게 물었다.

　"이런 일을 할 거면 박사 학위는 뭐 하러 땄지? 너의 기회와 재
능을 낭비하고 있는 건 아니냐?"

　이런 생각을 하다 보니 내가 소명에 따라 결정했다고 믿었던 모
든 것들이 한낱 쓸모없는 엉터리로 느껴졌다. 더욱이 나같이 은둔
은커녕 성공과 유명해지려는 욕망으로 가득한 에고를 가진 사람
에게 그건 정말 커다란 위협이었다.

　내가 펜들힐에 가기를, 그곳에 있기를, 그곳에 살기를 '원했느
냐'고? 그렇다고 말할 수는 없다. 분명한 건 펜들힐의 경험은 내가
'하지 않을 수 없는' 어떤 일이었다.

　'맙소사, 내가 하고 싶은 일이 이것인가? 새로운 삶의 방식을 터
득해야만 하고, 나를 포함해 아무도 내가 하는 일을 이해해 주지
못하는 이런 곳에 오고 싶었던가?' 마음 깊은 곳의 소명은 이렇게
말하는 게 아니라, '이건 내가 하지 않을 수 없는 일이야, 남에게
그 이유를 설명할 수도 없고 나 자신도 이해가 잘 안 되지만 그럼

에도 불구하고 해야만 하는 일이지.'라고 말하고 있었다. 하지만 이런 동기 유발에도 불구하고 내 의구심은 커져만 갔다.

하루는 마음속에 이런 걱정들로 가득한 채로 펜들힐에서 숲을 지나 근처의 대학 캠퍼스로 산책을 갔다. 별 생각 없이 대학의 본관 행정 건물로 들어갔다. 로비에는 전임 학장들의 근엄한 초상화들이 몇 점 걸려 있었다. 그 중 한 명의 얼굴은 언젠가 나를 학교 이사회 임원으로 채용하려고 버클리로 찾아왔던 바로 그 사람이었다. 마치 그 사람은 잔뜩 실망한 표정으로 나를 내려다보면서 "대체 당신은 뭘 하고 있는 거요? 왜 시간을 낭비합니까? 너무 늦기 전에 자기 길로 돌아가시오!"라고 말하는 것만 같았다.

건물에서 뛰쳐나온 나는 숲속으로 들어가 한참 동안 눈물을 흘렸다. 아마도 이 순간이 소명을 향한 내 여행의 핵심이 된 어둠으로의 추락, 나중에 다시 언급하게 될 병적 우울증에 빠져 바닥까지 떨어지는 추락을 촉발한 것 같다. 아무튼 이 순간에는 내가 배워야 할 것, 그리고 어둠에 빠져 봐야만 배울 수 있는 것들이 많았다.

그 순간에 내가 학교를 떠나는 이유로 내세웠던 그릇된 허세가 모두 무너져 내렸고 내게 남은 건 두려움뿐이었다. 나는 자신에게나 남에게나 대학이 사람이 살 만한 곳이 아니기 때문에 떠나고 싶다고 고집부렸다. 대학은 부패와 오만의 온상이며, 사회적 책임은 회피한 채 보통 사람들(권력도 특권도 없는 이 보통 사람들이 지식인들에게 사회를 지킬 책임을 맡겨 주었다)보다 우월하다고 생각하는 지식인들로 가득 찬 곳이라는 게 내 주장이었다.

그런 불평들이 어디서 많이 듣던 소리 같은가? 맞다. 그것은 60년대 버클리에 팽배했던 사고방식이고 나 역시 거기에 흠뻑 젖어 있었던 것이다. 대학에 대한 나의 불만이 어느 정도 사실이기는 하다. 하지만 그러한 불만은 내가 학교에서 도망친 것에 대한 그럴듯한 구실일 뿐이었다.

내가 도망친 진짜 이유는 두려움 때문이었다. 나는 학자로 성공하지 못할까봐 두려웠고 대학에서 요구하는 수준의 연구와 저술 활동을 충족시키지 못할까봐 두려웠다. 그리고 그 두려움은 옳았다. 나 스스로 그렇다고 인정하는 데에는 오랜 세월이 걸리긴 했지만. 아무리 노력해도, 또 아무리 노력했더라도 나는 훌륭한 학자가 될 재능을 타고나지는 못했다. 그러니 대학에 남아 있는 것은 그 사실을 왜곡하고 부인하는 것에 지나지 않았을 것이다.

학자의 사명은 다른 사람들이 수집한 지식을 발전시키며, 정정하고 검증하여 그것을 보다 넓게 응용하는 것이다. 하지만 나는 언제나 어떤 주제든 다른 사람들의 연구에 영향받지 않고 나만의 독창적인 생각을 발전시키고 싶어 했다. 개인적인 독서 취향도 지금당장 저술하는 분야와 직접 관련된 책보다는 장르를 불문하고 소설, 시집, 미스터리물이나 에세이까지 즐겨 읽는다.

그런 내 성향에도 장점은 있다. 신선한 사고방식과 다양한 렌즈로 세상을 바라보는 데에서 얻어지는 끝없는 자기 격려가 그것이다. 단점도 물론 있다. 약간의 게으름과 성급함, 그리고 이 분야에서 일해 온 다른 사람들을 존경하는 마음이 없다는 것이다.

하지만 그것이 장점이든 단점이든 이런 모습이 바로 나의 본성이며, 나의 한계와 재능이다. 나는 다른 사람이 발견한 것을 발전시키는 재능은 부족하지만 나만의 어떤 것을 조몰락거려 만드는일은 잘한다. 어떤 주제에 서서히 빠져들기보다는 가장 깊은 곳에뛰어들어 수영할 수 있는지 알아보는 일을 더 잘한다. 전체적인 개요를 잡기보다는 내가 직접 한쪽 구석부터 써 내려가면서 출구를찾아내는 것을 더 잘한다. 꽉 짜인 논리의 고리를 따라가기보다는하나의 은유에서 다음으로 도약하는 것을 더 잘한다.

여기에 바로 소명을 찾아가는 길에 우리가 반드시 깨달아야 할 복잡성과 이중성에 대한 교훈이 있는지도 모른다. 때로는 엉뚱한 이유를 걸고 옳은 행위를 하는 경우가 있다. 내가 대학을 떠난 행위는 옳았지만 '대학의 부패' 때문이라는 이유는 틀린 것이었다. '학자로서의 자질 부족'이라는 진짜 이유는 당시 내가 감당하기에는 너무나 두려운 것이었다.

학자로서 실패할지도 모른다는 두려움 속에는 나로 하여금 학교를 떠나 자유롭게 다른 종류의 교육에 종사하도록 하는 에너지가 있었다. 하지만 나는 그것이 두려움이라는 걸 알지 못했기 때문에 그 에너지를 비판과 독단의 백마로 가장해야만 했다. 꼴사나운 모습이었지만 사실이었다. 그래서 일단 사실을 깨닫고 내 인생에서 두려움의 역할을 이해하고 난 뒤로는 더 이상 그것 때문에 부끄러워하지 않았다.

결국 나는 백마에서 내려와 나 자신과 나의 의무를 직시할 수 있었다. 이것은 내가 그동안 피하려고만 했던 어둠으로 한 걸음 다가선 것이었다. 그 어둠이란 내 모습을 원하는 대로가 아닌 있는 그대로 보는 것이었다. 하지만 지금 나는 그 백마에서 내릴 수 있었던 것에 감사드린다. 그렇지 않았다면 현재의 나는 결코 있을 수 없을 것이다. 나는 지금 한때 두려움과 혐오에 차서 떠났던 학교에 애정을 가지고 봉사하고 있다.

　　　　　지금 나는 내 병증이 덜 도질 만한 곳인 제도권 밖의 교육을 담당하고 있다. 제도권 안에서는 아무래도 희망에 찬 에너지를 쏟아붓는 대신 화내는 데에 에너지를 낭비하곤 한다. 내 병증이란 제도권 안에서 권력을 행사하는 사람들과 갈등을 일으켜 거기에 화내느라 진짜 할 일을 못 하는 내 성향을 말한다. 이것을 깨닫기까지 몇 년이나 걸렸다.

문제가 '저쪽 바깥'뿐만 아니라 '여기 내면'에 있음을 알고 나면 해결책은 분명하다. 나는 제도권 밖에서, 내게 무조건반사를 촉발시키는 자극들로부터 떨어져 독립적으로 일해야 했다. 이제 십 년 넘게 그렇게 하고 나니 내 병증은 더 이상 나를 괴롭히지 않는다. 어떤 문제가 생겨도 나 자신 외에 아무도 탓하지 않으며, 내가 소명이라고 믿는 일에 내 모든 에너지를 쏟아붓지 않을 수 없다.

여기 참자아와 소명을 발견할 수 있는 단서가 하나 더 있다. 사람들과 상황에 대해 우리가 만들어 낸 부정적인 예측을 모두 거두어들이는 것이다. 그런 예측은 스스로에 대한 자신의 두려움을 감추는 데에 쓰인다.

그리고 우리의 책임과 한계를 인정하고 받아들여야 한다. 일단 나의 두려움을 인정하고 나니 나도 모르게 어떤 패턴을 알아낼 수 있었다. 여러 해 동안 나는 버클리나 조지타운 같은 대형 교육기관을 떠나 펜들힐 같은 작은 곳, 사회적으로 지위도 낮고 잘 알려지지도 않은 곳을 전전했다. 하지만 나는 게처럼 옆걸음질 하고 있었다. 사실에 정면으로 부딪치기가 두려운 나머지 제도권 생활의 중심을 벗어나 변두리를 향해 갔던 것이다. 그리고 결국에는 제도권 학교 밖으로 나갔다.

나는 작은 교육기관이 대형 교육기관보다 더 도덕적이라는 생각으로 내 움직임을 합리화했다. 하지만 이건 내게나 교육기관들 양쪽 모두에 대해 명백한 거짓이었다. 사실 나를 고무시켜 움직인 것은 내 영혼, 나의 에고보다 나를 더 잘 알고 있는 '참자아'였다. 참자아는 내가 제도상의 대립과 압박이 없는 곳에서 일해야 한다는 것을 잘 알고 있었다.

내가 말하고자 하는 것은 교육기관을 고발하려는 게 아니라 나의 한계에 대한 것이다. 존경할 만한 나의 친구들 중에는 나와 같은 한계를 가지지 않은 사람도 있다. 그들은 교육기관 안에서 충실하게 일하며 그 교육기관들을 통해서 세상에 봉사하는 재능을 가지고 있다.

하지만 내가 거센 질풍노도의 시기를 거치면서 깨달은 대로, 그런 그들의 재능이 내게는 없으며 그렇다고 나를 탓할 일도 아니다. 그것은 그저 내가 누구인지, 세상과 올바르게 관계를 맺고 있는지를 알려 주는 진실이자, 진정한 소명을 향한 생태학적 진실이다.

내면의 기쁨과
세상의 요구가
만나는 곳

소명을 향한 여행 중 겪게 되는 회의와
우울증을 극복함으로써 나는 적어도 한 가지 사실을 분명히 알게
되었다. 즉 자기를 돌보는 것이 결코 이기적인 행동이 아니라는 사
실이다. 그것은 나의 유일한 재능, 이 땅에서 다른 사람들에게 베
풀어야 할 재능을 잘 관리하는 책무일 뿐이다. 아무 때라도 우리는
참자아에 귀 기울이고 그것이 원하는 보살핌을 줄 수 있다. 자기
스스로를 위해서만이 아니라 우리가 만나는 많은 다른 사람들의
삶을 위해서 그렇게 하는 것이다.

자아와 봉사 사이의 연결 고리를 이해하는 데에는 두 가지 방법

이 있다. 하나는 시인 루미^{Rumi}의 날카로운 관찰을 통해 제시된다.

"만약 당신이 지금 스스로에게 충실하지 않는다면, 당신은 이 세상에 끔찍한 해를 끼치고 있는 것입니다."

만약 우리가 참자아에 충실하지 않는다면 우리는 다른 사람들에게 손해를 입히게 될 것이다. 지킬 수 없는 약속을 남발하고, 불량한 재료를 써서 집을 짓고, 악몽으로 이어질 꿈들을 꾸며내어 다른 사람들을 고통에 빠뜨릴 것이다. 만약 참자아에 충실하지 않는다면.

이 책 후반부에서 그런 불충실함과 그에 따른 결과를 살펴볼 것이다. 자아와 봉사와의 연결 고리를 이해하는 좀더 고무적인 방법은 현재 우리 주변에서 충실하게 사는 사람들의 삶을 연구하는 것이다.

예를 들어 동유럽과 라틴 아메리카와 남아프리카에서, 또 여성들과 흑인들과 동성연애자들 사이에서 일어난 위대한 해방의 움직임이 인류에 얼마나 바람직하게 공헌했는지를 보자. 우리가 보는 것은 간단한 사실이지만 흔히 그냥 지나치게 되는 것이 있다. 인류와 인간의 상호 관계, 그리고 세상을 변화시키는 움직임은 바로 자신의 진정한 자아를 보살피기로 마음먹은 사람들의 삶에서부터 나온다.

사회제도는 종종 사람들에게 진실하지 못한 삶의 방식을 강요하려 든다. 가난한 자여, 빵 반쪽이라도 감사하게 받아들여라. 흑인이여, 저항하지 말고 인종차별을 그냥 당해라. 동성애자여, 내색하지 말고 아닌 척 그냥 살아라. 이런 상황에서 자기의 진실을 감추라는 유혹에 빠져들기란 얼마나 쉬운가. 그러지 않았을 때 뒤따라오는 사회제도적 불이익은 또 얼마나 큰가.

하지만 그런 위협에도 불구하고, 아니 어쩌면 그것 때문에, 사회 운동의 씨앗을 뿌리는 사람들은 중대한 결정을 내린다. '더 이상 분리되지 않는' 삶을 살 것을 결심한다. 더 이상 내면에 깊이 간직한 진실과 상반되는 외면의 방식을 가장하며 살지 않겠다고 결심한다. 진정한 자아를 주장하며 그것을 표출하며 살 것을 결심한다. 그리고 그들의 결정은 사회 변혁의 파문을 일으킨다. 수백만 명의 자아를 위해 봉사하게 되는 것이다.

나는 이것을 '로자 파크스의 결정(Rosa Parks decision)'이라고 부른다. 이 유명한 여성은 분리되지 않는 인생의 의미를 나타내는 상징적인 존재이기 때문이다. 그녀는 사십

대 초반의 흑인 여성으로 삯바느질을 하며 생계를 꾸려 나가고 있었다. 이 중년의 여인이 내린 결단의 일화는 유명하다.

1955년 12월 1일, 앨라배마주 몽고메리에서 로자 파크스는 그만 해서는 안 될 행동을 했다. 버스 앞쪽의 백인 전용 좌석에 앉은 것이다. 그것은 엄연히 인종차별이 존재하는 사회에서 위험하고 대담하며 도발적인 행동이었다. 여러 해가 지나 전해 오는 이야기에 따르면 어떤 대학원생이 그녀에게 이렇게 물었다고 한다.

"그날 당신은 왜 버스 앞자리에 앉았나요?"

로자 파크스는 사회 변혁을 꾀하기 위해서라고 대답하진 않았다. 그녀의 동기는 아주 단순했다.

"피곤했거든요."

하지만 피곤한 건 그녀의 몸만이 아니었다. 그녀의 영혼이, 그녀의 마음이, 그녀의 존재 전체가 인종차별주의자들의 규칙에 놀아나는 것에, 그녀의 영혼이 주장하는 자아를 부인하는 것에 피곤해졌다는 의미이다.

물론 더 이상 분리되지 않는 삶을 살겠다는 그녀의 결정을 북돋아 준 힘은 여럿 있었다. 일찍이 마틴 루터 킹 2세도 다닌 하이랜더 포크 스쿨에서 그녀는 비폭력운동의 이론과 전술을 배웠다. 또

한 당시 시민불복종운동을 논의하던 전미 유색인 지위향상협회 몽고메리 지부에서 간사로 일하고 있었다.

하지만 12월의 그날, 그녀가 버스 앞자리에 앉던 그 순간에는 비폭력운동 이론이 효과가 있을지, 단체가 자기를 지원해 줄지 아무 보장도 없었다. 그것은 실존하는 진실의 순간, 진정한 자아를 주장하는 순간이며 타고난 선물을 되찾는 순간이었다. 그녀가 그것을 행동으로 옮기는 순간, 이 땅의 지형과 법칙이 바뀌었다.

로자 파크스는 자신의 진정한 소명을 받아들이기 위해 꼭 필요한 어떤 지점에 이르렀기에 –사회개혁을 도모하는 사람으로서가 아니라 자기의 완전한 자아를 세상에 드러내면서 살려는 사람으로서 –그 자리에 앉았던 것이다. 그녀는 결심했다.

"나는 더 이상 내면에 간직한 진실과 상반되는 외면을 가장하며 살지 않으리라. 나는 더 이상 불완전한 사람인 척하며 살지 않으리라."

차별을 거부하는 사람을 처벌하는 사회에서 '버스 앞자리에 앉을 수 있는' 용기는 어디서 나온 것일까? 사람들은 흔히 '마음속 생각을 내보이지 말라', '문제를 크게 만들지 말라', '눈의 흰자위를 보이지 말라'는 등의 금언을 들먹이며 차별을 감내하라고 충고

한다.

처벌이 기다리고 있다는 걸 알면서도 차별을 거부하는 사람들은 어디서 그런 용기를 얻는가? 로자 파크스와 같은 사람들의 인생을 살펴보면 답은 간단하다. 이런 사람들은 처벌의 개념을 바꾸었다. 그들은 남이 가하는 처벌보다 자기 스스로를 비하함으로써 스스로에게 내리는 처벌이 더욱 견디기 힘들다는 것을 깨달았다.

로자 파크스 이야기를 보자. 그녀가 버스 앞자리에 앉자 얼마 후 경찰관이 차에 올라 이렇게 말했다.

"거기 계속 앉아 있으면 당신을 감옥에 집어넣겠소."

"그렇게 하세요."

로자 파크스는 아주 예의 바르게 대답했다.

"내가 사십 년 넘게 스스로를 가둔 감옥에 비하면, 벽돌과 철망으로 만들어진 당신네 감옥이 뭐가 그리 대단하겠습니까? 나는 이제 막 인종차별이라는 제도를 거부함으로써 그 감옥에서 빠져나온 걸요."

참자아를 주장하다가 받는 처벌이 아무리 호되다 해도, 참자아를 주장하지 못해서 스스로에게 내리는 처벌보다는 견디기 쉽다. 그 반대도 마찬가지다. 남이 주는 어떤 보상도 자기 스스로의 빛을 밝히며 살아가는 대가로 얻는 보상만은 못하다.

당신이나 내게는 로자 파크스가 싸운 제도적 인종차별과 같은 특별한 싸움거리는 없을지도 모른다. 그녀의 이야기에서 보편적인 요소는 싸움의 내용이 아니라 싸움을 벌이는 동안 그녀 안에 충만했던 자아이다.

로자 파크스 이야기에서 우리 자신의 소명을 깨닫는 데 도움을 얻으려면 우리는 그녀를 그저 평범한 사람으로 보아야 한다. 그게 쉽지는 않다. 이미 우리는 그녀를 슈퍼우먼으로 만들어 놓았으니 말이다. 우리는 스스로를 보호하기 위해서 그랬는지도 모른다. 로자 파크스를 박물관에 모셔 놓고 감히 손댈 수 없는 진리의 우상으로 만들어 버린다면, 우리 또한 손댈 엄두도 못 낼 것이기 때문이다. 그녀를 대좌에 올려놓고 칭송할 수도 있지만, 그러면 그녀의 인생을 통해 우리가 얻는 도전은 발견할 수 없을 것이다.

내 인생은 박물관에 전시될 위험 따위는 전혀 없으니, 다시 내가 가장 잘 아는 내 얘기로 돌아가겠다. 로자 파크스와는 달리, 나는 내 관심사인 교육기관들을 변혁할 만한 비범하고 극적인 행동을 취해본 적이 없다. 그 대신 나는 스스로 인정하고 싶지도 않은, 회피하는 듯한 게걸음으로 그 교육기관들을 떠나려 했다.

하지만 내 소명의 길에 재미있는 일이 일어났다. 분노와 두려움에 차서 교육계를 떠난 지 이십오 년이 지난 지금, 나는 교육기관의 쇄신과 밀접한 관련이 있는 일을 하고 있다. 나는 이것이 참자아의 본성과 요구에 따르도록 나의 참자아가 발길질하고 고함쳐가며 나를 끌어당겼기에 가능하다고 믿는다.

참자아는 내가 인생의 생태계에서 있어야 할 자리를 강제로 찾도록 했고, 내가 평생 사랑싸움을 벌여온 교육기관과 적절한 관계를 찾도록 했다. 만약 내가 나의 참자아를 부인하고 두려움에 마비되어 '내 자리에' 그냥 머물러 있었다면, 오늘날 나는 분명 관심 분야에 봉사하는 대신 방황하며 괴로워하고 있을 것이다.

로자 파크스는 명쾌하고 용기 있는 태도를 취했다. 나는 주의를 딴 곳으로 돌리고 의무를 이행하지 않는 태도를 취했다. 어떤 여정은 곧은 직선으로 뻗어 있고, 어떤 여정은 빙빙 에두르는 길이다. 어떤 여행은 영웅적이고, 어떤 여행은 두려움과 혼란투성이다. 하지만 모든 여행은 정직하게 따르기만 한다면 우리의 진정한 기쁨이 세상의 절실한 요구를 만나는 어떤 지점으로 이끌어 준다.

메이 사튼이 상기시키는 것처럼, 참자아를 향한 순례 여행은 '오랜 세월과 수많은 공간'을 거쳐야 한다. 세상에는 자신을 위해 서 또 사회와 정치적 활동을 위해서 순례에 나설 열정과 인내를 가진 사람이 필요하다. 세상은 지금도 우리를 자유롭게 할 진리를 기다린다. 나의 진리, 당신의 진리, 우리의 진리. 그 진리는 우리 각 자가 이 땅에 처음으로 올 때 씨 뿌려진 것이다. 그 진리를 잘 경작 하는 것이야말로 모든 인류의 진정한 소명이라고 나는 믿는다.

3

길이 닫힐 때

When
Way
Closes

길이 닫힐 때 불가능을 인정하고
그것이 주는 가르침을 발견하라.
길이 열릴 때 당신의 재능을 믿고
인생의 가능성에 화답하라.

길이
열린다

내가 펜들힐에서 시작한 일 년간의 안식년은 십 년으로 늘어났다. 그 무렵 내 마음속에는 워싱턴에서 보낸 오 년간의 생활이 진정한 나의 인생이 아니라는 두려움이 하루하루 커져 가고 있었다. 나이는 서른다섯, 박사 학위와 썩 괜찮은 보증인들이 있으니 새 일자리를 구하는 건 꼭 그때 거기가 아니라도 별 어려움은 없었을 것이다. 하지만 나는 일자리 이상을 원했다. 내가 원했던 것은 나의 내면적 삶과 외면적 삶의 일치였다.

워싱턴에서는 커뮤니티 조직자와 교수, 사회활동가와 교수라는 두 가지 일을 했지만 어느 쪽에서도 마음의 평안을 얻을 수 없었

다. "할 수 있는 사람은 행동하며, 할 수 없는 사람은 가르친다." 실
망의 수렁에서 허우적거리던 당시의 나는 이 말을 반쯤 믿고 있었
다. 이런 속설을 믿는 사람이라면 그 당시 내가 왜 모든 가능한 소
명을 소진해버린 것 같은 느낌을 가졌는지 이해할 수 있을 것이다.

펜들힐은 기도와 학습, 인간적 가능성
의 비전에 뿌리를 둔 공동체였다. 내가 새로운 방향을 찾아낼 수
있다면 바로 펜들힐에서일 거라고 생각했다. 하지만 그곳에서 나
의 소명에 대한 어려움을 털어놓자 사람들은 전통적인 퀘이커 교
도라면 누구나 그렇게 이야기할 법한 뻔한 충고만을 던져 주었다.
그들의 의도는 좋았지만 나는 더 큰 실망에 빠졌다. 그들은 이렇게
말했다.

"믿음을 갖고 기다리세요. 그러면 길이 열릴 겁니다."

'믿음은 갖고 있어.'

나는 혼자 생각했다.

'길이 열릴 때까지 기다릴 시간이 없는 거지. 세월은 쏜살같이
흘러서 곧 중년에 접어들 텐데, 나는 아직도 내 소명의 길을 찾지
못했어. 이제까지 내 앞에 열렸던 길은 모두 잘못된 길이었지.'

깊어 가는 좌절감으로 몇 달을 보낸 후, 펜들힐 공동체에서 사려 깊고 공정하다고 정평이 난 나이 지긋한 여성에게 내 고민을 털어놓았다. 그녀의 이름은 루스였다.

"루스, 사람들은 계속 길이 열릴 것이라고만 말합니다. 나는 고요 속에 앉아서 기도도 하고 내면의 목소리에 귀를 기울이며 길이 나타나기를 기다렸어요. 그래도 길은 열리지 않습니다. 나는 오랫동안 나의 소명을 찾으려고 애써왔지만 아직도 내게 정해진 길을 짐작조차 할 수 없어요. 다른 사람들에게는 길이 열릴지 모르지만, 내게는 그런 일이 절대 없을 거예요."

루스의 대답은 솔직했다.

"나는 모태 신앙인이라네. 그리고 육십 년이 넘게 살아왔지. 그러나 내 앞에서 길이 열린 적은 한 번도 없었다네."

우울하게 말하던 그녀가 잠시 말을 멈추었을 때, 나는 절망으로 빠져들고 있었다. 이 현명한 여인의 말인즉 펜들힐의 사람들은 신의 인도를 장난으로 생각하고 있단 말인가? 잠시 후 그녀는 잔잔한 미소와 함께 말을 이어갔다.

"반면에 내 뒤에서는 수많은 길이 닫히고 있다네. 이 역시 삶이 나를 준비된 길로 이끌어 주는 또 하나의 방법이겠지."

나는 그녀와 함께 웃었다. 큰 소리로 오랫동안 웃었다. 쓸데없이 신경을 곤두세웠던 문제가 아주 단순한 진리로 마음에 와 닿았을 때 나오는 그런 웃음을.

루스의 솔직함은 소명의 여행을 보는 나의 시각에 새로운 방향을 제시해 주었다. 그리고 이후 오랜 세월의 경험을 통해서 나는 그 날의 교훈이 옳았음을 확인했다. 내 인생에 일어나지 않은 일과 일어날 수 없는 일들이, 일어날 수 있는 일과 일어난 일보다도 더 많은 것을 알려 주는 길잡이가 될 수도 있는 것이다.

중산층 미국인, 특히 백인 남성들이 대개 그렇듯이, 나는 노력만 하면 무엇이든 할 수 있고 원하는 것은 무엇이든 될 수 있다고 주장하는 문화에서 성장했다. 이 메시지는 세상도 나도 한계란 없으며 내게는 충분한 에너지와 책임이 주어졌다는 뜻이었다. 신이 세상을 그렇게 창조하셨으니 나는 그 프로그램을 따라가기만 하면 되었다.

당연히 나는 한계에 부딪혔다. 특히 그것이 실패의 형태로 나타나기 시작한 순간 문제는 시작되었다. 버클리에서 대학원 과정을 시작하기 전, 어느 여름날의 수치스러운 기억은 아직도 생생하다.

나는 처음으로 당연한 벌을 경험했다. 사회학 연구 조교직에서 파면당한 것이다.

초등학교부터 대학까지 줄곧 모범생의 길을 걸어왔던 나는 이런 갑작스러운 운명의 전환을 겪고 망연자실했다. 여름 동안의 수입원을 잃은 것은 물론 대학원 전체 경력까지도 위태로운 듯했다. 나를 해고한 사람이 바로 나의 지도교수였던 것이다. 나의 정체성과 세계관마저 무너져 내리는 듯했다. 그런 경험은 그때가 처음이었지만 마지막은 아니었다. 이 무한한 세상에 한계라곤 없는 내게 대체 무슨 일이 일어났단 말인가?

내가 성장해온 문화에서는 파면당한 이유를 이렇게 말했다. "당신은 성공은 고사하고 일자리를 지킬 만큼도 열심히 일하지 않았어." 유감스럽게도 어느 정도는 맞는 지적이었다. 나와 또 한 명의 연구 조교는 우리가 작업하고 있던 프로젝트를 상대로 곧잘 불경스러운 농담을 하곤 했다. 그것도 공공연히 남들도 다 들을 수 있을 정도로. IBM 카운터-선별 카드에 구멍을 뚫어 자료를 정리하면서도 쓸데없는 농담이나 주고받고 빈둥거리다가 감독관의 눈밖에 난 것이다.

동료와 나는 그 프로젝트는 이미 오래전부터 농담거리로 사람들 입에 오르내렸다는 유치한 발상으로 우리의 행동을 합리화했다. 삼십 년이 지난 오늘날에도 어리석고 집요한 나의 내면에 있는 청년은 아직도 우리는 잘못이 없다고 믿고 있다! 이런 비뚤어진 자기 합리화가 옳든 그르든 간에, 분명한 사실은 내가 열심히 일하지 않았고 그래서 일자리를 잃었다는 것이다.

길이 닫힐 때
나머지 세상이
열린다

내가 등 뒤에서 '길이 닫히는' 것의 의미를 발견하지 못했다면 해고의 진짜 의미는 알 수 없었을 것이다. 내가 해고된 것은 그 일이 내 진짜 본성과 재능, 내 관심 분야와 전혀 상관없는 일이었기 때문이다. 내 청년기의 반항은 그런 단순한 사실을 반영한 것이었다.

뒤늦게나마 나의 미숙함 때문에 감독관을 언짢게 했던 것에 대해, 그리고 혹시라도 데이터에 손상이 갔다면 그 일에 대해 사과하고자 한다. 모두 내 불찰이다. 당시에는 스스로에 대한 합리화로 그냥 웃어넘겼다. 당시 그 연구는 훌륭한 사회학자가 '해야 할 의무'였다. 내게는 그 일이 전혀 의미 없이 느껴졌기 때문에 그 일을 하는 것이 사기라는 느낌마저 들었다. 그런 느낌들은 결국 직업을 잃게 될 거라는 사실을 일러 주는 조짐이었다.

분명 나는 내 감정에 좀더 솔직해야 했고 더 많은 자제력을 키웠어야 했다. 그 일을 스스로 그만두거나 아니면 마음을 잡고 제대로 했어야 했다. 하지만 때로 '해야 한다'가 아무런 효과도 없을 때가 있다. 사람의 인생이 자기 영혼의 성미를 거슬러 가기 때문이다. 나를 이끄는 힘이 무엇인지도 모르는 채, 나는 무의식에 따라 행동했다. 그리고 현실은 내 존재에 대한 크고도 감당하기 힘든 단서를 제공했다. 등 뒤에서 길이 닫힌 것이다.

그런 일자리는 태생적으로 내게 맞지 않았다. 지나치게 운명론적이거나 심지어는 스스로를 합리화하는 변명처럼 들릴지도 모른다. 하지만 나는 그것이 소명에 간단하면서도 생명을 주는 진리라고 생각한다.

우리 모두는 본성을 가지고 태어난다. 이 말은 한계와 능력 모두를 가지고 있다는 뜻이다. 능력을 깨닫는 것도 그렇지만 직접 자기 한계에 뛰어들어 봄으로써 우리는 자신의 본성을 더 많이 알 수 있다. 루스가 그리고 인생이 내게 가르쳐 주려 했던 게 바로 이

것인 것 같다.

한계가 드러나는 모습이 해고처럼 난처한 형태가 아니라면 얼마나 좋겠는가? 하지만 당신도 나처럼 자기 한계를 인정할 준비가 되어 있지 않다면 그런 당혹스러움이 아니고서는 당신의 주의를 끌 수 없을 것이다.

나는 장애에 가로막히거나 탈선하거나 완전한 실패에 부딪칠 때만 바짝 정신을 차린다. 그런 다음 마침내, 어쩔 수 없이 내 본성과 마주하여 나의 재능과 한계를 가지고 어떤 일을 할 수 있을지, 혹은 없을지를 깨닫는다.

한계에는 두 가지가 있는데, 이 종류를 구별하는 것이 중요하다. 한 가지는 자아에서 오는 것이고, 다른 한 가지는 사람들이나 정치 세력이 우리를 현재 상황에 눌러 앉히기 위해 무모하게 부과하는 것이다. 해고당한 사람 모두 신이 진정한 소명을 찾는 실마리를 주는 것으로 생각하라는 얘기가 아니다. 때로는 진실을 말함으로써 현상에 저항하려는 사람을 제거하려는 병적인 상사나 기업 문화 때문에 해고를 당하기도 한다. 때로는 가난한 사람의 일자리를 빼앗아 부자가 더 부유해지도록 하는 경제 시스템의 결과일 수도 있다. 영적 생활의 다른 모든 것과 마찬가지로 길이 닫히는 것에서 어떤 지침을 얻는 일에도 사려 깊은 판별이 필요하다.

미국인으로서 우리가 당면한 문제는 – 적어도 내가 속한 인종과 성에서 – 모든 한계를 한때 인생에 닥친 유감스러운 일로만 간주한다는 점이다. 이런 태도는 한계라는 개념 자체를 거부하는 것이다.

미국인의 신화는 한계에 맞서는 끝없는 도전이다. 서부 개척시대를 열고, 빛의 속도를 넘어서며, 달에 사람을 착륙시키고, 현실 공간이 움직이기도 힘들 만큼 쓸모없는 것들로 가득해진 순간 '사이버 공간'까지 발견하지 않았는가? 우리는 불가능을 인정하지 않는다.

나도 한편으로는 이러한 희망이라는 미국의 유산을 소중히 생각한다. 하지만 계속해서 '불가능은 없다'라는 생각만을 고집한다면, 길이 닫힐 때 일어나는 자신의 정체성을 찾는 결정적인 단서를 놓치고 말 것이다. 그리고 자꾸만 자신의 한계를 넘어서려고 들면서 다른 사람들에게 해를 끼칠 것이다.

이삼 년 전, 어떤 회의에서 나를 '돌아온 사회학자'라고 소개했다. 이 말은 웃음을 자아냈지만, 내게는 대학원 과정을 시작하기 전 여름에 있었던 수치스러운 실패의 기억을 되살려 주었다. 내 영혼은 자신과 사회학 사이의 부적합을 극복해야 했다. 하지만 그 전에 나의 에고가 먼저 자기의 수치를 극복해야만 했다. 기필코 대학원을 졸업해서 내가 사회학 교수로 성공할 수 있다는 것을 입증해 보여야 했다. 내가 소명을 찾아 나선 길에서 절망에 빠질지라도.

조지타운에서 하던 사회학 강의를 접고 펜들힐의 공동체로 나를 이끌었던 절망에는 소명의 완결을 위한 참자아의 목소리가 들어 있었다. 만약 내가 절망을 따르지 않았더라면, 그리고 루스가 도와주지 않았더라면, 나는 계속 엉뚱한 일을 하고 있었을지도 모른다. 나 자신에게, 사람들에게, 내가 맡은 프로젝트에, 그리고 그 일에 적합한 사람이 잘 해낼 가치 있는 일에 심각한 해를 끼치면서 말이다.

본성을
거스르는
행위

미국적 신화에도 불구하고 나는 원하는 모든 것이 될 수도 없었고, 할 수도 없었다. 자명한 이치가 분명한데도 우리는 종종 그것을 거부한다. 우리를 이루고 있는 본성은 우리를 생태계에 존재하는 유기체처럼 만들어 놓았다. 역할이 정해져 있으며, 어떤 관계에서는 번성하지만 다른 관계에서는 생기를 잃고 말라 죽는다.

예를 들어, 육십 대에 접어든 내가 미국 대통령이 될 수도 없고 되지도 않을 거라는 사실은 분명하다. 백인 남성이면 누구나 그 고상한 지위에 오를 수 있다는 멋진 말을 들으며 성장하긴 했지만 말이다. 나는 이런 한계에 더 이상 마음 아파하지 않는다. 왜냐하면 나 같은 본성을 가진 사람에게 한 나라는커녕 무엇인가의 대표가 된다는 것은 가장 잔인한 운명이니까 말이다. 하지만 한계가 없다는 신화에 고무되어 이런 생태학적 진리를 부정하며 많은 세월을 허비했다. 그 얘기를 하나 해 보자.

　　　　　　내가 펜들힐에서 교장으로 있을 때, 어느 작은 교육기관에서 대표가 되어 달라고 제안했다. 나는 그 학교를 방문해서 이사, 경영관리자, 교직원, 학생들과 이야기를 나누었다. 내가 원하기만 한다면 그 자리는 내 것이 될 터였다.

소명만 생각하면 늘 마음이 산란했던 나는 이것이야말로 나를 위한 자리라는 확신이 들었다. 그래서 펜들힐 공동체의 관례대로 여섯 명의 믿을 만한 친구를 불러 모은 '투명위원회'를 통해 내 소명을 식별하는 일을 도와 달라고 했다.

투명위원회란 대상자에게 고칠 점을 집어 주거나 조언을 하는 대신, 세 시간 동안 대상자가 자신의 내적 진실을 발견하는 데 도움이 될 만한 정직하고 개방적인 질문을 던지는 절차를 말한다. 돌이켜 보면, 내가 이 모임을 소집한 진짜 의도는 무엇을 알아내기 위해서가 아니라 이미 수락하기로 한 그 자리를 제안받았다는 것을 자랑하고 싶어서가 분명하다!

한동안은 평이한 질문들이 이어졌다. 적어도 나 같은 공상가에게는. 그 학교에 대한 당신의 비전은 무엇입니까? 사회에서 그 학교가 가진 사명은 무엇입니까? 교육과정은 어떻게 바꿀 건가요? 의사 결정은 어떤 식으로 할 겁니까? 갈등은 어떤 식으로 풀 겁니까? ….

절반쯤 지났을 때, 누군가 쉬운 듯 하지만 아주 어려운 질문을 던졌다.

"당신이 그곳의 학장이 되면 어떤 점이 제일 좋습니까?"

이 간단한 질문은 나를 머리에서 가슴으로 끌어내렸다. 나는 잠시 깊이 생각하고 나서야 대답하기 시작했다. 아주 낮고 자신 없는 목소리로.

"음…, 나는 글 쓰는 일과 가르치는 일을 그만두어야 하는 점은 싫습니다. … 학장이라는 지위에서 겪는 정치도 싫습니다. 누가 진정한 친구인지도 모르니까요. 존경하지도 않으면서 돈이 있다는 이유만으로 웃는 얼굴로 사람을 맞아야 하는 것도 싫습니다. … 또 뭐가 싫은가 하면…."

그 질문을 한 사람이 부드러우면서도 단호하게 내 말을 끊었다.

"내 질문은 뭐가 가장 좋으냐는 거였는데요?"

나는 서둘러 대답했다.

"네, 그렇죠, 지금 그 대답을 하려는 겁니다."

그러고는 다시 느릿느릿 장황한 대답을 이어갔다.

"여름방학을 포기해야 하는 것도 싫고 … 늘 정장을 입어야 하는 것도 싫고 … 또 …."

다시 한 번 질문자가 내게 원래의 질문을 상기시켰다. 이번에는 정말 솔직한 대답, 마음 밑바닥에 있는 대답, 말하는 나까지도 간담이 서늘해질 것 같은 유일한 대답을 내놓아야만 할 것 같았다.

"글쎄요." 기어 들어가는 목소리로 나는 말했다.

"내가 제일 좋아하는 건 아마도 신문에 내 사진과 함께 그 밑에 '학장'이라는 글자가 실리는 것 같습니다."

나와 함께 있던 노련한 질문자들은 내 대답이 우스웠지만 내 영혼이 위태롭다는 걸 알고 있었다. 그들은 전혀 웃지 않고 길고도 엄숙한 침묵으로 빠져들었다. 침묵 속에서 나는 진땀을 흘리며 속으로 끙끙거리고 있었다. 마침내 그 질문자가 모두에게 폭소를 자아내는 질문을 던져 침묵을 깼다.

"파커, 신문에 날 만한 더 쉬운 방법을 생각할 수는 없나요?"

그제야 모든 게 분명해졌다. 학장이 되려는 나의 바람은 내 본성을 따르기보다는 나의 에고와 훨씬 관계가 많았다. 투명위원회가 끝난 뒤, 나는 그 학교에 전화를 걸어 내 이름을 후보 명단에서 빼 달라고 했다. 만약 내가 그 자리를 맡았더라면 나에게나 그 학교에게나 엄청난 불행이 닥쳤을 것이다. 나의 본성은 무언가의 대표가 되기에는 적합하지 않다.

하지만 내가 원하는 게 신문에 내 사진이 실리는 것이 아니라 인간적 요구에 따른 것이라면 이 이론은 어떻게 될까? 내 소명의 동기가 이기적인 것이 아니라 선한 것, 즉 학생들이 본받을 만한 선생님, 참자아를 찾는 사람을 돕는 상담자나 불의를 바로잡는 활동가가 되는 것이라면 이 이론은 어떻게 될까?

그러나 불행히도 이 한계 이론은 이런 상황에서도 똑같이 적용된다. 세상에는 분명히 그렇게 되어야 하지만 내 능력 밖의 일인 경우가 있는 법이다. 만약 내가 본연의 나와 상관없는 훌륭한 일을 하려고 하면, 한동안은 남에게나 나에게 근사해 보일지도 모른다. 하지만 내 한계를 넘어섰다는 사실은 그에 상응하는 결과를 맞는다. 나 자신과, 남을, 우리의 관계를 결국 왜곡시킨다. 그리고 마침내는 이 '좋은' 일을 시작하지 않은 것보다도 더 큰 해악을 끼치고 말 것이다. 내가 나의 본성, 관계의 본성이 아닌 일을 하려고 덤빈 다면, 그 순간 나의 등 뒤에서 길이 닫힐 것이다.

예를 하나 들어 보자. 여러 해 동안, 자 기에게 사랑이 필요하다고 털어놓는 사람들과 만남을 이어왔다. 오랫동안, 나는 즉각 반사적으로 튀어나오는 대답, 습관이 되어버 린 '의무'에 가까운 대답을 했다.

"물론 당신은 사랑받아야 합니다. 사람은 누구나 그렇지요. 그 리고 나는 당신을 사랑합니다."라고.

모든 사람이 사랑받아야 하지만 나는 원하는 모두에게 그 선물 을 줄 수 있는 사람이 아니라는 것을 이해하기까지 오랜 시간이 걸렸다. 내가 사랑할 수 있는 관계도 있지만 그럴 수 없는 관계도 있다. 그렇지 않은 척 가장하는 것, 지킬 수 없는 약속의 노트를 내 미는 것은 나 자신의 원형을, 그리고 어려움에 처한 사람의 원형을 훼손하는 것이다. 모두 사랑이라는 이름으로.

거룩함이라는 이름으로 사람의 본성을 거스르는 또 다른 예를 보자. 잘못된 사랑이 얼마나 위험한지를 보여 주는 예이다. 몇 년

전에 도로시 데이Dorothy Day의 연설을 들은 적이 있다. 그녀는 가톨
릭 노동자 운동의 창시자이며, 오랜 기간 뉴욕 동남부 지역의 빈민
들과 함께 생활하며 헌신해 왔다. 그녀는 내가 존경하는 영웅이었
다. 그랬기에 연설 중에 그녀가 '감사할 줄 모르는 빈민들'이라고
표현하는 걸 듣고 깜짝 놀랐다.

성자의 입에서 이토록 심한 말이 나오다니, 당시로선 이해가 되
지 않았다. 선불교의 공안公案을 접하면서 나중에야 이해하게 되었
다. 도로시 데이는 이렇게 말했다.

"빈민들에게 선행을 베풀면서 그들에게 감사를 기대하지 마십
시오. 그랬다간 당신이 베푼 것은 얄팍하고 일시적인 것이 되고 말
겁니다. 빈민들에게 필요한 건 그런 게 아니에요. 그런 건 그들을
더 가난하게 할 뿐입니다. 베풀어야 할 것을 내가 갖고 있을 때만
베푸세요. 주는 것 자체가 보답이라고 여기는 사람만 베푸세요."

내게 없는 것을 누군가에게 주고 있다면 나는 잘못되고 위험한
선물, 사랑처럼 보이지만 사실은 사랑이 담기지 않은 선물을 주는
것이다. 그것은 다른 사람들에게 필요한 것을 채워주려는 마음보
다는 자신을 내세우려는 필요에서 나온 선물이다. 그런 베풂에는
사랑도 믿음도 없으며, 나 말고 사랑의 전달 통로는 없다는 오만과

착각에서 나온 것이다.

그렇다. 우리는 공동체 안에서, 공동체를 위해서 창조되었다. 사랑 안에서 서로를 위해 존재하도록 창조되었다. 하지만 공동체는 양쪽으로 열려 있다. 자기가 가진 사랑의 용량이 한계에 다다르면, 공동체는 누군가 다른 사람에게 그 책임을 맡겨 필요한 사람을 돕도록 한다.

나의 본성을 거스르는 것을 나타내는 하나의 징후는 소위 탈진이라는 상태이다. 대개는 너무 많은 것을 주려다가 생기는 결과라고 생각하지만, 내 경험상 탈진은 내가 갖지 않은 것을 주려다 생기는 결과이다. 탈진은 분명 공허함이지만 내가 가진 것을 주어서 생기는 결과가 아니다. 내가 주려고 해도 아무것도 없다는 사실이 드러나는 것일 뿐이다.

내가 다른 사람에게 주는 선물이 내 본성에 없어서는 안 될 것이다. 그 선물이 나의 참다운 본성, 유기적인 실체 속에서 생성된 것이라면 내가 그것을 주어 버린다 해도 스스로 다시 생겨날 것이다. 또한 그러한 베풂의 결과는 탈진이 아니라 비옥함과 풍요로움이며, 나를 새롭게 할 것이다.

오직 내 안에서 자라지 않는 것을 주려 할 때, 그 행위는 나를 고

갈시키며 다른 사람에게도 해가 된다. 강요되고, 기계적이며, 실체가 없는 선물은 해악만 불러온다.

바로 지금
여기에

내가 아는 신은 우리가 이상적인 자아에 이르도록 추상적인 기준을 따르라고 요구하는 존재가 아니다. 신은 단지 우리가 창조된 본성, 즉 우리의 능력과 한계를 그대로 존중하기를 요구한다. 우리가 그렇지 않은 삶을 살려 할 때 현실의 힘이 우리를 통해 모습을 드러낸다. 그것은 신이 우리를 인도하는 순간이기도 하다. 바로 우리 등 뒤에서 길이 닫히는 것이다.

내가 교회에서 배운 신, 그리고 지금도 가끔 이야기를 통해 듣는 신은 도덕적 잣대를 들고 사람들의 행동을 평가하는 교장선생님 같은 모습이다. 하지만 내가 아는 신은 도덕보다는 현실의 근원, 즉 '되어야 하는' 모습이 아니라 '지금 모습 그대로'의 근원이다.

그렇다고 신이 도덕과 관계없는 존재라는 의미가 아니다. 도덕과 그 결과물은 신이 만든 현실 구조에 이미 녹아 들어가 있다. 도덕 기준은 우리가 손 내밀어 잡아야 할 무엇이 아니며, 도덕적 결과는 우리가 기다려야 할 무엇도 아니다. 그것들은 바로 지금, 바로 여기에 있다. 우리가 자아와 타인, 세상의 본성을 따르는지 거역하는지를 지켜보면서.

능력과 한계를 지닌 우리 본성의 실체에 맞추어 살려는 노력이야말로 매우 도덕적인 삶의 방식이다. 존 미들턴 머리John Middleton Murry는 이 진리를 이렇게 표현함으로써 전통적인 선善의 개념에 도전하고 있다.

"선한 사람이 선해지는 것보다 완전해지는 것이 더 나음을 깨닫는 것은, 그가 이전에 지닌 올바름이 화려한 면허증인 데에 비하면 험하고 좁은 길로 들어서는 것과 같다."

내가 아는 신은 만물의 본질인 근원 시스템(root system)에 고요히 거하신다. 신의 이름을 묻는 모세에게 신은 이렇게 대답했다. "나는 스스로 있는 자니라(출애굽기 3:14)." 모세가 생각한 것과는 달리,

신은 도덕규범이 아닌 본질적인 '존재(isness)'와 자아에 가까운 분이었던 것이다. 내가 믿는 바대로 우리가 신의 형상을 따라 지어졌다면, 우리가 누구냐는 질문에 우리 역시 똑같은 대답을 할 수 있을 것이다. "나는 스스로 존재하는 자입니다."

　사람은 자신의 본성에 충실함으로써 신과 함께 산다. 본성이 아닌 것을 따르는 사람은 신을 거스르는 것이다. 자신을 포함한 모든 현실의 실체는 신께 속한 것이니, 거스르지 말고 그대로 존중하며 따를 일이다.

　이런 신학적 사고가 너무 비현실적으로 느껴지는 이들도 있을 것이다. 그들을 위해 타고난 본성을 따르는 것이 현실에서 어떻게 도덕적 삶을 영위할 수 있도록 하는지 예를 하나 들겠다.

　나는 가끔 더 훌륭한 교육자가 되기를 원하는 교사들을 대상으로 워크숍을 연다. 참석자들에게 최근에 겪은 두 가지 경험의 순간을 간단하게 적어 보라고 한다. 하나는 일이 잘 풀려 교사의 자질을 타고났다고 느낀 순간, 그리고 반대로 일이 잘 안 풀려서 '차라리 태어나지 말았으면 좋았을걸!' 하고 느낀 순간. 그런 다음 소그룹을 이루어 두 가지 경우를 살펴보면 우리의 본성에 대해 더 많은 것을 배운다. 먼저, 나는 사람들에게 좋았던 순간을 있게 한 그들의 재능을 밝혀내는 일을 서로 돕게 한다. 이것은 실제 상황에서 작용하는 우리의 재능을 확인하는 경험이 된다. 그리고 여기에는 다른 사람의 시각이 도움이 된다.

우리는 흔히 자기의 가장 큰 재능을 있는지조차 모르고 지나치곤 한다. 그것들은 신이 주신 재능의 일부이다. 세상에서 첫 호흡을 하던 그 순간부터 갖고 있었는데도 우리는 그저 호흡한다는 사실만 알 뿐 그런 재능을 갖고 있다고 의식하지 못한다.

그런 다음 두 번째 경우로 넘어간다. 첫 번째 경우에서 칭찬에 푹 빠져 있었기에 사람들은 이번에는 분석과 비평을 듣고 교정받기를 기대한다. "내가 당신 입장이라면, 나는 이렇게 했을 겁니다."라든지 "다음에 그런 상황이 된다면 이렇게 해 보세요."라는 식으로.

하지만 나는 그렇게 접근하지 말라고 한다. 서로 상대의 한계와 책임을 짚어 주는 대신 재능의 반대편을 보라고 권한다. 어떤 장점이 있으면 반드시 그에 상응하는 약점이 있기 마련이다. 우리는 영혼의 구멍을 채우려는 노력을 통해서가 아니라 그 구멍을 잘 알아서 거기에 빠지는 걸 피해 감으로써 더 나은 교사가 될 수 있다.

교사로서 내가 가진 재능은 학생들과 함께 '춤출 수 있는' 능력,

대화를 통해 서로 영향을 주고받음으로써 학생들을 가르치며 또 함께 배우는 능력이다. 학생들이 기꺼이 나와 함께 춤추면 그 결과는 아름답다. 그들이 춤추기를 거부하고 내 재능이 거부당하면 일은 엉망이 되기 시작한다. 나는 괴롭고 화가 나며 학생들을 원망한다. 내 곤경을 그들의 탓으로 돌리는 것이다. 그 다음부터 나는 그들을 대할 때 방어하는 태도를 취한다. 함께 춤춘다는 일은 생각도 하지 않으면서.

하지만 이런 약점이 내 강점의 대가라는 걸 이해하고 나면 새로운 해방의 기운이 내 안에서 일어난다. 나는 더 이상 내 약점을 '고치려고' 하지 않는다. 아무도 나와 함께 춤추고 싶어 하지 않을 때는 혼자 춤추는 법을 배운다. 약점을 고치려고 하다가는 자칫 내 재능을 망가뜨릴 수 있기 때문이다. 그 대신 나는 나와 춤추기를 거부하는 학생들에게 더 품위 있게 대응하는 법을 배우려 한다. 내 한계를 그들 탓으로 돌리는 대신 나 자신의 일부로 인정하는 것이다.

나는 한사코 춤추지 않겠다고 고집하는 학생들에게까지 좋은 선생님 노릇을 할 수는 없다. 그것이 나의 한계다. 하지만 그런 학생들을 계속해서 춤추자고 불러낼 수 있는 이해심을 키울 수는 있

다. 단 몇 명의 학생들이라도 음악을 듣고 초대에 응해서 나와 함
께 가르치며 배우는 댄스 무대에 동참할 수 있는 가능성을 열어
놓는 것이다.

세상
뒤집어
보기

       등 뒤에서 길이 닫힐 때 단지 전략상의 실수에서 빚어진 결과로 치부해 버리고 싶은 유혹을 받는다.

 '내가 더 똑똑했더라면, 또는 내가 더 강했더라면 문이 그렇게 쾅 닫혀 버리진 않았을 텐데. 그러니까 내가 더 노력하면 닫힌 문을 쳐부술 수 있을지도 몰라.'

 하지만 이것은 위험한 유혹이다. 길이 닫히는 것에서 메시지를 얻지 못하고 계속 저항한다면 내 본성에 있는 한계를 무시하게 될 것이다. 이것은 내가 타고난 재능을 무시하는 것이며 참자아를 망가뜨리는 일이다.

루스가 가르쳐 준 대로, 등 뒤에서 길이 닫히는 것에는 우리 앞에서 길이 열리는 것만큼이나 많은 교훈이 들어 있다. 열림은 우리의 능력을 보여 주고 닫힘은 우리의 한계를 보여 준다. 그것이 영적인 세계 속에서 정체성이라는 동전이 가진 양면이다. 이 동전의 양면을 잘 살펴보면 우리의 정체성에 대해 더 많은 것을 배울 수 있다.

영적 여행의 길에서 자주 일어나듯이, 우리는 문이 닫힐 때면 나머지 세상이 열린다는 역설의 심장부에 이른다. 우리가 닫힌 문 두드리기를 그만두고 돌아서기만 하면 뒤쪽에 있는 다른 문에 다다른다. 그러면 넓은 인생이 우리 영혼 앞에 활짝 열려 있다. 문이 닫히면 방 안에 들어갈 수 없지만, 이것은 곧 그 공간을 제외한 다른 현실이 우리 앞에 놓여 있다는 뜻이다.

이 역설은 다시 펜들힐로 돌아가 루스가 '길이 닫히는' 것의 의미를 일깨워 주던 순간을 생각나게 한다. 내 눈앞에서 쾅 닫혀 버리는 문들 때문에 고민하던 그 자리가 바로 나의 세계가 활짝 열리는 자리였던 것이다.

만약 당시에 내 미래를 볼 수 있었다면 루스가 일깨워 주었을 때보다 훨씬 더 크게 웃었을 것이다. 내 미래는 이미 와 있었다. 그 이름은 일 년간의 안식년이 십 년으로 늘어난 곳, 펜들힐이었다. 거기서 나는 대안교육을 통해 경험의 폭을 넓혔으며 또 새로운 교육방식을 배우기 시작했다. 또한 자아와 세계를 이해하려는 나의 노력은 내 소명에서 너무도 중요한 부분인 저술 활동으로 나를 이끌어 주었다.

열리지 않으면 어쩌지 하는 걱정 때문에 나는 계속 닫힌 문을 두드렸다. 그리고 그 걱정에 가려 숨겨진 비밀을 보지 못할 뻔했다. 나는 이미 새로운 인생의 땅을 딛고 서 있었고, 여행의 다음 행보를 내딛을 준비가 되어 있었다. 그저 몸을 돌려 내 앞에 놓인 풍경을 보기만 하면 되는 것이었다.

인생을 충만하게 살고 싶다면 반대의 것을 인정할 줄 알아야 하며, 한계와 능력 사이의 창조적 긴장 속에서 사는 법을 배워야 한다. 본성을 왜곡시키지 않도록 한계를 인정해야 하며, 타고난 능력을 충분히 발휘할 수 있도록 자신의 재능을 믿어야 한다.

길이 닫힐 때면 불가능을 인정하고 그 경험이 주는 가르침을 발견해야 한다. 길이 열릴 때면 그 가능성을 인정하고 우리 인생의 가능성에 화답해야 한다.

4

모든 길은 아래로 향한다

All
the Way
Down

소리쳐 부르고 어깨를 두드리고 돌을 던져도 소용없자

인생은 나에게 우울증이라는 핵폭탄을 터뜨렸다.

그것은 나를 죽이려는 의도가 아니라 나를 돌려세워

"당신이 원하는 게 무엇입니까?" 라고

묻기 위한 최후의 노력이었다.

상처 입은
치유자

　　　　　　내 인생 여정의 중반에 접어들어 다시
한 번 '길이 닫혔다.' 이번 것은 너무도 지독해서 꼭 죽을 것만 같
았다. 소위 병적 우울증이라는 캄캄한 숲에 빠져들어 빛도 희망도
보이지 않았다. 하지만 그 의미를 깨닫는 데 사오 년이나 걸려 어
둠 속에서 빠져나온 후, 그 시간이 자아와 소명을 향한 나의 순례
여행에서 얼마나 중요한 순간이었는지 알게 되었다.

　누구에게도 권하고 싶지는 않지만 – 그럴 필요도 없다. 그렇지
않아도 우울함이란 너무나 많은 인생에 찾아드는 불청객이 아닌
가! – 우울증은 얼음 아래 숨겨진 인생의 강물을 발견하게 해 주

었다.

지금도 오랫동안 겪은 나의 우울증에 대해서는 무어라 쓸 수가 없다. 그 부분은 어떻게도 건드리지 못한 채 그냥 남아 있다. 그러다가 어느 잡지사에서 나의 은사이자 친구인 헨리 나우웬Henri Nouwen을 추모하며 '상처 입은 치유자'라는 주제로 글을 써 달라는 청탁을 받았다. 헨리의 영혼에 충실하게 그의 삶을 기리고자 한다면 나 자신의 가장 깊은 상처에 대해 쓰지 않을 수 없었다.

헨리 역시 많은 시간을 어둠 속에서 보낸 사람이었는데, 그는 그 경험을 내놓고 얘기하고 글로도 썼다. 하지만 나는 그를 여러 번 만나는 동안에도 내 자신의 어둠에 대해선 거의 얘기하지 않았다. 그의 품위 있는 모습 앞에서 너무도 부끄러웠던 것이다. 이제는 더 이상 부끄러워하지는 않지만 그래도 여전히 그 우울증에 대해 얘기하기는 힘이 든다. 너무도 말하기 힘든 경험이었기 때문이다. 하지만 헨리는 사람들에게 좀더 마음을 열고 기꺼이 상처를 내보이라고 요구했다. 이런 생각들을 책으로 내기가 두려운 이유는 누군가 이 글에서 잘못된 조언을 얻을까 싶어서다.

우울증은 여러 가지 형태로 나타난다. 어떤 경우는 유전이거나 생리적이어서 약물치료가 필요할 때도 있다. 어떤 경우는 상황 때문에 생긴 것으로 정신 작용을 통해 자기 인식이나 선택, 변화를 일으켜야 할 때도 있다. 또 어떤 경우는 둘 다 필요하다. 내 우울증은 잠깐 동안 약물치료가 필요하기는 했지만 주로 상황 때문이었다. 최대한 솔직하게 말하겠다. 하지만 나에게 옳은 것이 반드시 다른 사람에게도 옳은 것은 아니다. 나는 처방전을 쓰는 게 아니다. 그저 내 얘기를 하는 것이다. 내 얘기가 당신, 또는 당신이 염려하는 사람의 이야기를 이해하는 데 도움이 되고, 그들의 고통을 소명에 대한 안내로 바꾸어 놓는 데 도움이 되었으면 좋겠다.

우울증이
가르쳐 준
것들

나는 사십 대에 들어 두 번이나 몇 달씩 영혼의 수렁에 빠지는 경험을 했다. 하루하루, 매 시간 죽고 싶은 욕망과 싸웠다. 인생은 괴롭고 고달프다는 생각뿐이었다. 삶을 지탱하려는 모든 노력도 쓸데없는 짓으로만 보였다.

나는 우울증에 빠진 사람들이 왜 자살하는지 이해한다. 그들은 휴식이 필요한 것이다. 하지만 다른 사람들이 어떤 이유로 죽음 같은 삶의 한복판에서 새로운 삶을 찾아낼 수 있는지는 이해가 안 된다. 나도 그 중의 하나이긴 하지만.

내가 우울증에서 살아남기 위해, 또 거기서 무사히 빠져나오기 위해 무엇을 했는지는 말할 수 있으나, 어떤 이유로 그런 일을 해 낼 수 있었는지는 설명할 수 없다.

한 번은 성인기의 상당 부분을 우울증과 싸워온 여성을 만난 적이 있다. 우리는 오랜 시간 내면 세계에 대한 진솔한 이야기를 나누었다. 이야기가 끝날 때쯤 그녀는 괴로움이 가득한 목소리로 이렇게 물었다.

"왜 자살하는 사람이 있는 걸까요? 다른 사람들은 잘 사는데 말이에요."

그 질문이 그녀 자신이 살려고 애쓰는 데서 나온 질문이란 걸 알았기 때문에 나는 신중하게 대답하고 싶었다. 하지만 떠오르는 대답은 하나뿐이었다.

"모르겠어요, 정말이지 모르겠습니다."

그녀가 가고 나서 나는 후회했다. 진실이 아니더라도 좀더 희망에 찬 대답을 찾아낼 수 없었을까?

이삼 일 후, 그녀는 우리가 나눈 대화에 대해 편지를 보내왔다. '모르겠다'는 내 대답이 마음에 남는다는 말과 함께. 내 대답은 독실한 기독교 신자인 그녀에게 또 다른 대안을 주었다. 그녀가 속한 교회에서 일러 주는 대로, 자살하는 사람은 믿음이 부족해서 또는 선행이나 하나님이 구해줄 만한 장점이 모자란 사람이라서라는 잔인한 '기독교적인 설명'과는 다른 것이다.

모른다는 내 말에 자유로워진 그녀는 더 이상 우울증에 빠진 자신을 심판하지 않았다. 그리고 하나님이 그녀를 심판하실 거라고도 믿지 않게 되었다. 그 결과, 그녀의 우울증은 한결 나아졌다.

이 경험을 통해 나는 두 가지 교훈을 얻었다. 첫째, 우울증에 빠진 사람에게는 진실을 얘기해 주는 것이 중요하다. 만약 내가 바라는 생각을 얘기했다면 그녀의 마음을 감동시키지는 못했을 것이다. 우울증에 빠진 사람에게는 속임수 감지기가 그냥 작동하는 정도가 아니라 아주 예민하게 작동한다.

둘째, 우울증은 종교이든 과학이든 어떤 가치에서 나오는 도식적이고 단순한 대답 대신, 우리 문화가 무시하는 신비를 받아들이기를 원한다. 신비는 사람 마음속 깊은 경험 하나 하나를 둘러싸고 있다. 자기 마음의 어둠 또는 빛을 향해 깊이 들어갈수록 우리는 신의 궁극적인 신비에 가까이 다가가게 된다. 하지만 우리 문화는 신비를 그저 설명해야 할 수수께끼나 해결해야 할 문제로 바꿔 놓으려 한다.

왜냐하면 '말끔히 해결할 수 있다.'라는 환상을 유지하면 우리 스스로 강한 존재라는 느낌이 들기 때문이다. 하지만 신비에는 결코 해답이 없다. 신비는 다 풀리는 거라고 억지를 부리면 인생은 더 진부하고 더 희망 없는 것이 되어버리고 만다. 신비의 영역은 결코 설명할 수 없으니까.

우울증의 신비를 받아들이는 것이 수동적인 행동이거나 포기는 아니다. 낯설지만 사실은 자기의 가장 깊은 곳에 있는 자아의 힘의 영역으로 이동하는 것이다. 그것은 기다림이며 지켜보는 것이다. 귀 기울이는 것, 고통을 겪어내는 것, 그리고 무엇이든 가능한 대로 자기에 관한 지식을 수집하는 과정이다. 그런 다음 그 지식을 바탕으로 선택하는 것이다. 아무리 어렵더라도, 매일 매일 자아에 생명을 불어넣는 선택을 하고 그렇지 않은 것을 버림으로써 다시금 건강한 삶으로 한 걸음씩 돌아가기 시작하는 것이다.

내가 얘기하는 지식은 지적이고 분석적인 것이 아니라 스스로를 완전하게 하는 것으로 마음에서 우러나온다. 완전함으로 이끄는 그 선택은 실용적이거나 계산되는 것이 아니며 어떤 목적도 없다. 다만 개인적 진실을 간단하면서도 심오하게 표현해 주는 것이다.

그것은 힘든 길이기에 학교에서도 가르쳐 주지 않는다. 나는 안다. 나는 그 길을 두 번이나 걸어야만 했다. 첫 번째에 알게 된 나자신의 모습이 두려웠기 때문이다. 내가 알게 된 것을 거부했고 필요한 선택을 하지 않았다. 그 대가는 지옥의 경험을 한 번 더 하는 것이었다.

영혼의
고통에
다가가기

　　　　　　　　이상하게도 내가 우울증에 빠져 있을
때 나를 잠깐 찾아왔던 사람들이 생생하게 기억난다. 당시의 나는
누가 곁에 있고 누가 없는지도 잘 알 수 없을 정도였는데도 말이
다. 우울증은 관계 단절의 극단적인 상태이다. 우울증은 모든 살아
있는 존재의 생명선인 관계성을 끊어버린다.
　　나를 찾아왔던 사람들을 나쁘게 말하고 싶지는 않다. 그들은 모
두 호의로 찾아왔던 사람들이다. 또 내게서 완전히 등을 돌리지 않
은 몇 안 되는 사람들이었다. 하지만 좋은 의도에도 불구하고 그들
대부분의 행동은 '욥의 위안자'와 같았다. 비참한 처지의 욥을 찾

아와 '동정'을 보여 그를 더 깊은 절망으로 빠뜨린 친구들 말이다.

어떤 사람은 내 기운을 북돋울 양으로 이렇게 말했다.

"날씨가 아주 좋네요. 밖에 나가서 맘껏 햇볕을 쬐며 아름다운 꽃이라도 보는 게 어때요? 분명 기분이 나아질 거예요."

하지만 그런 조언은 나를 더 깊은 우울증으로 밀어 넣었다. 머리로는 나도 그 날 날씨가 눈부시게 좋다는 건 알았다. 하지만 내 감각으로는 그 아름다움을 느낄 수 없었다. 그 단절을 느낄 때마다 더 깊은 절망으로 빠져들 수밖에 없다. 나를 찾아와 이렇게 말해준 사람도 있다.

"하지만 당신은 아주 좋은 사람이에요, 파커. 가르치는 일도, 글 쓰는 일도 아주 잘하잖아요. 많은 사람에게 도움을 주었구요. 당신이 한 좋은 일들을 떠올려 보세요. 분명 기분이 나아질 거예요."

그 충고 역시 나를 더 깊은 우울에 빠지게 했다. '좋은' 사람으로 비치는 외적인 내 모습과, 당시 내가 믿었던 나의 '나쁜' 모습 사이의 엄청난 격차만 절감할 뿐이었다. 그런 말을 들었을 때 나는 이런 생각이 들었다.

'한 사람이 또 속았군. 내 진짜 모습이 아닌 다른 이미지를 본 거야. 사람들이 진짜 내 모습을 본다면 당장 나를 밀어내겠지.'

우울증은 관계 단절의 극한적인 상태이다. 사람과 사람 사이를, 머리와 감정 사이를, 또 자기가 보는 자기 이미지와 남들이 보는 자기 모습 사이의 관계를 끊어 놓는다.

이렇게 말을 시작하는 사람도 있었다. "당신 기분이 어떤지 알아요…." 그들이 주려는 어떤 위안이나 위로도 나는 그냥 귓전으로 흘려들었다. 모두 거짓이라는 걸 알고 있었기 때문이다. 아무도 다른 사람의 신비를 똑같이 경험할 수는 없는 법이다.

역설적으로, 나를 도와 내 문제를 찾아내려고 감동스러울 만큼 애쓴 어떤 친구는 오히려 지나치게 나를 까발려 놓아서 나는 더 깊은 고립감에 빠져들었다. 단절은 지옥처럼 끔찍하지만 잘못된 관계보다는 낫다. 친구들에게 '위로'도 받아 봤고, 나 역시 똑같은 방식으로 남을 위로하려 한 적이 있었기에 그 증상이 어떤지는 알 것 같다. 바로 회피와 부정이다.

가장 어려운 일은 남의 고통을 '고치겠다고' 덤벼들지 않는 일, 그냥 그 사람의 신비와 고통의 가장자리에서 공손하게 가만히 서 있는 일이다. 그렇게 서 있다 보면 자신이 쓸모없고 무력하다는 느낌이 든다. 바로 우울증에 빠진 사람이 이런 느낌을 갖고 있는 것이다.

그러나 우리는 욥의 위안자들처럼 무의식적으로 앞에 있는 저 불쌍한 사람과 자신은 다르다는 걸 재차 확인하려고 든다. 그런 느낌에 빠져들지 않으려는 노력의 일환으로 우리는 이렇게 말한다.

'당신을(그러나 사실은 나를) 자유롭게 해줄 충고를 하나 하겠다. 내 충고를 받아들인다면 당신은 좋아질 것이다. 당신의 상태가 좋아지지 않는다 해도 나는 최선을 다했다. 당신이 내 충고를 받아들이지 않는다면 더 이상 내가 해줄 수 있는 건 없다.'

어느 쪽이든 우울증에 걸린 상대에게서 멀어짐으로써 자신은 위안을 얻고, 죄의식도 느끼지 않는다.

감사하게도, 치유의 능력을 발휘하도록 내 곁에 함께 있어 줄 용기를 가진 가족과 친구들이 몇 명 있었다. 그 중 한 명이 빌이라는 친구였다. 그는 내게 허락을 얻어 매일 오후 우리 집에 들러서 나를 의자에 앉히고는 내 앞에 무릎을 꿇고 앉아 신발과 양말을 벗긴 다음 삼십 분 동안 발을 마사지해 주었다. 그는 아직 감각이 살아 있는 내 신체 중의 한 부분, 그래서 사람들과 다시 연결되는 듯한 느낌을 가질 수 있는 부분을 찾아낸 것이었다.

빌은 거의 한 마디도 하지 않았다. 어쩌다 말을 할 때도 충고 따위는 절대 하지 않고 그저 자기가 느끼는 내 상태를 말해 주었다. "오늘 네가 얼마나 힘든지 느껴진다."라거나, "네가 더 강해지는 것 같은데."라고 말하곤 했다. 내가 늘 반응을 보인 것은 아니었지만 그의 말은 정말로 도움이 됐다.

누군가 나를 지켜봐 주는 사람이 있다는 생각에 안심이 되었다. 그것은 자신이 소멸되고 보이지 않는 존재가 되었다고 느끼는 이에게는 생명을 주는 일이다. 그 친구의 행동이 내게 어떤 의미였는지 말로 표현하기는 불가능하다. 예수님이 발을 씻어 준다는 《성경》의 이야기를 깊이 이해하게 되었다고 말한다면 충분하지 않을까?

시인 라이너 마리아 릴케가 말하기를, 사랑은 '두 개의 고독이 서로를 방어하다가 서로를 접하고 인사하는 것'이라고 했다. 빌이 내게 준 사랑이 이런 것이었다. 그는 결코 나의 내면을 거짓 위로나 충고로 침범하지 않았다. 그는 내면의 경계선에 가만히 서서 나와 내 여행을, 그리고 모든 상황을 그냥 그대로 놔둘 수 있는 용기를 존중해 주었다.

릴케는 영혼의 고통을 회피하지도 침범하지도 않는 사랑을 그리고 있다. 고통받는 사람을 향한 신의 사랑은 우리를 '고치는' 게 아니라 함께 고통받음으로써 우리에게 힘을 주는 것이다. 다른 사람의 고독의 가장자리에서 존경과 믿음을 갖고 서 있음으로써 우리는 신의 사랑을 묵상할 수 있다.

놀랍게도, 첫 번째 우울증에 빠져 잠 못 이루던 한밤중에, 그 사랑의 신호를 받았다. "너를 사랑한다, 파커!"라는 목소리를 들은 것이다. 그 말은 바깥에서 들려오는 소리가 아니라 내면에서 조용히 우러나오는 소리였다. 나의 에고에서 나오는 소리도 아니었다. 나의 에고는 그런 말을 하기에는 자기에 대한 미움과 절망 때문에 너무도 지쳐 있었으니까.

설명할 수 없는 은총의 순간이었다. 하지만 우울증의 상처가 너무도 깊었기에 나는 그만 그것을 잊어버리고 말았다. 하지만 그 순간은 흔적을 남겼다. 그런 엄청난 선물을 거부한 걸 보면 당시 내가 얼마나 간절히 도움이 필요했는지 절감할 수 있다.

아래로,
아래로

           내게 전문가의 도움이 필요하다는 것을 인정하기란 쉽지 않았다. 치료를 받는 것은 허약하다는 표시처럼 느껴졌다. 그것도 아주 심각한 허약함을 드러내는 것이라는 생각에 사로잡혀 있었다.

  하지만 일단 그 장벽을 넘어서자 또 다른 장벽에 부딪혔다. 전문가란 문제를 치유하는 기술과 힘을 가진 사람이란 뜻인데 그런 사람을 찾기가 쉽지 않았다. 우리 존재의 궁극적인 실체, 본성에 대한 믿음을 갖고 있으면서도 자비로운 마음을 가진 그런 사람 말이다.

나는 정신과 의사를 두 명 만났지만 모두 실패였다. 그들은 약물에 의존하며 내면의 삶을 무시하는 태도를 지닌 사람들이었다. 내 우울증이 그토록 심하지만 않았더라면 그들에 대한 적개심 때문에라도 금방 회복될 만큼 나는 그들의 태도에 화가 났다. 하지만 마침내 내게 필요한 방식으로 내게 어떤 일이 일어나고 있는지를 이해해 주는 카운슬러를 찾았다.

물론 그것은 내가 막연히 그려왔던 종류의 영적 여행은 아니었다. 빛이 희미해지는 높은 곳으로 올라가는 것도 아니었고, 산꼭대기에 올라가 신을 만나는 것도 아니었다. 사실 내 여행의 방향은 정반대였다. 지옥 구덩이의 내부를 향해 가면서 그곳에 있는 괴물과 차례차례 만나는 식이었다.

나의 치료사는 몇 시간 동안이나 내 얘기를 주의 깊게 듣고 난 뒤에 내 인생의 회복을 도와 줄 이미지를 하나 주었다. 그는 이렇게 말했다.

"당신은 우울증을 당신을 망가뜨리려는 적의 손아귀로 보는 것 같군요. 그러지 말고 당신을 안전한 땅으로 내려서게 하려는 친구의 손길로 생각할 수 있겠어요?"

우울증을 친구로 생각하라는 제안은 말도 안 되는 소리 같고 심지어 모욕적으로 느껴졌다. 하지만 내 안의 무언가는 알고 있었다. 아래로, 땅으로 내려서는 것이 완전함의 방향이라는 것을. 그리고 그 이미지를 받아들이자 나는 서서히 치유되기 시작했다.

　　　　　　　　　나는 내가 기반이 없는 땅, 안전하지 않은 높은 곳에다 발을 딛고 살고 있었다는 것을 이해하기 시작했다. 높은 고도에서 산다는 것이 의미하는 문제는 간단하다. 미끄러지면 길고 긴 추락의 시간을 거쳐 바닥에 떨어지며, 간혹은 목숨을 잃기도 한다는 것이다. 땅으로 내려서는 것이 축복인 이유도 간단하다. 미끄러져 넘어져도 그 충격은 대개 치명적이지 않으며, 곧 회복할 수 있다.

내가 그렇게 높은 곳에서 살게 된 것은 최소한 네 가지 이유 때문이다. 첫째, 나는 지성인으로서 생각하는 것 - 이것은 내가 아주 중요하게 생각하는 활동이다 - 뿐만 아니라 주로 신체 중 땅에서 제일 멀리 떨어진 곳, 머릿속에서 살도록 훈련받았기 때문이다.

둘째, 나는 기독교 신앙을 가진 사람으로서 신을 체험하기보다는 신에 대한 추상적 개념에 더 열중했다. 지금은 그것 때문에 좌절감을 느낀다. '말씀이 살이 된다.'라는 가르침을 핵심으로 하는 곳에서 어쩌면 그렇게 많은 육체 없는 개념들에 매달려 왔단 말인가?

셋째는 높아진 나의 에고 때문이다. 우쭐해진 에고는 실제보다 나를 더 대단한 존재로 생각하게 했다.

마지막으로 나의 왜곡된 도덕률이다. 나는 진실하고 실현 가능하며 내게 참된 생명을 주는 나의 진짜 모습을 살펴보기보다는, 이 도덕률에 이끌려 내가 되어야 하는 사람, 내가 되어야 하는 어떤 것의 이미지에 따라 살았다.

오랫동안 그런 '해야 하는 것들'이 내 인생의 추진력이었다. 그리고 그런 이상에 나를 맞추지 못하자 나는 스스로를 나약하고 믿지 못할 사람으로 보게 된 것이다.

나는 잠시라도 멈추어 "이러저러한 도덕적인 나의 이상들이 타고난 나의 본성에 맞는가?"라고 질문해본 적이 없었다. 그 결과, 내 인생의 중요한 부분들이 내 것이 아니었고, 그래서 실패할 수밖에 없는 운명이었다.

우울증은 나를 안전한 땅, 한계와 재능, 약점과 강점, 어둠과 빛이 복잡하게 뒤섞여 있는 나의 진실, 나의 본성의 땅 위로 내려서게 하는 친구의 손이었다.

상상해 보라. 어린 시절부터 한 블록쯤 떨어진 곳에 서서 내 이름을 부르며 내 주의를 끌려고 애쓰는 친구의 모습을. 힘들지만 내게 나 자신에 대한 치유의 진실을 가르쳐 주고 싶어 하는 친구의 모습을. 하지만 나는 두려워서, 아니면 도움 없이 살아가려는 건방진 마음으로, 아니면 내 생각과 에고와 도덕률을 좇느라 바빠서 그 외침을 모른 척하고 피해버렸다.

이 친구는 변함없는 호의로 내게 더 가까이 다가와서 더 큰 소리로 외쳐댔지만 나는 계속 피하기만 했다. 내 어깨를 두드릴 만큼 가까이 다가왔어도 계속 모른 척했다. 계속되는 나의 무반응에 좌절한 이 친구는 내 등 뒤에 돌을 던지고, 다음에는 작대기로 나를 내리쳤다. 그저 내 주의를 끌려는 생각으로. 하지만 그런 아픔도 모른 척한 채 나는 계속 피했다.

해를 거듭해도 이 친구는 계속 내 곁에 있었다. 그러나 내가 자꾸만 그를 거절하고 돌아서자 좌절감을 느껴 그 모습이 잘 보이지 않게 되었다. 소리쳐 부르고 어깨를 두드리고 돌을 던지고 작대기를 휘둘러도 소용이 없자 남은 건 하나뿐이었다. 나에게 우울증이라는 핵폭탄을 떨어뜨린 것이었다. 그건 나를 파멸시키려는 의도가 아니라 나를 돌려세워 "당신이 원하는 게 뭡니까?"라는 간단한

질문을 던지려는 최후의 노력이었다. 마침내 내가 돌아설 수 있게 되자 그리고 자기 인식을 하기 시작하자, 나는 회복되기 시작했다.

그 오랜 세월 동안 나를 부르던 친구의 모습이 바로 토머스 머튼이 얘기한 '참자아'이다. 참자아는 우리를 우쭐거리게 부풀리고 싶어 하거나, 또 다른 형태인 자기 왜곡으로 위축시키고 싶어 하는 에고가 아니다. 현실에서 멀리 떨어져 허공을 떠돌고 싶어 하는 지성도 아니며, 추상적인 규범에 따라 살기를 바라는 도덕적 자아도 아니다.

참자아는 신이 당신의 형상을 따라 인간을 창조할 때 우리 안에 심어 놓은 바로 그 자아이다. 이 자아는 우리에게 더도 덜도 원하는 것이 없다. 우리가 타고난 그대로 살아가기를 바란다. 참자아는 참된 친구이다. 그 우정을 무시하고 거부하는 것은 위험을 자초하는 일일 뿐이다.

빛과
어둠

마침내 돌아서서 "당신이 원하는 게 뭡니까?"라는 질문을 던지자, 답은 분명했다. 내가 원하는 것은 이 지옥으로의 추락을 자아를 향한 여행으로 받아들이는 것이었다.

나는 소중한 것은 모두 그러하듯 신 또한 저 하늘 위 어딘가에 있는 존재라고 상상했었다. 나는 신학대학에서 신을 '존재의 근거'라고 한 틸리히Tillich의 표현을 처음 들었다. 그 말은 나의 호기심을 자극했지만 그 말의 참 의미를 이해하지는 못했던 것이다. 신에게 이르는 길이 위로 올라가는 게 아니라 아래로 내려가는 것임을 이해하기 전까지 나는 땅 아래, 지하에 머물러 있어야만 했다.

땅 밑 세계는 위험하지만 우울증이 우리를 그곳으로 이끌고 가 잠재적인 생명을 준다. 그곳에서 우리는 자아란 분리되거나 특별하거나 우월한 것이 아니라 선과 악, 어둠과 빛의 혼합체라는 걸 이해하게 된다. 그곳에서 우리는 다른 사람들과 인간다운 정을 나눌 수 있게 된다.

몇 년 전, 누군가 내게 겸손이야말로 영적 생활의 핵심이라는 말을 한 적이 있다. 나도 맞는 말이라고 생각했고 나 자신이 겸손해졌다고 생각했기에 스스로 자랑스럽기까지 했다. 하지만 그는 겸손에 이르는 길에 대해선 얘기해 주지 않았다. 적어도 몇몇 사람들은 모든 가식과 방어력을 잃고 낮아지고 힘없는 상황이나, 스스로 기만당한 느낌과 자신이 쓸모없는 존재라는 느낌만 남은 상태에서 겸손을 경험하기 때문이다. 겸손은 우리의 삶을 완전히 낮아진 부식토에서 땅 위로 다시 자라나게 한다.

영적 여행은 역설로 가득하다. 겸손은 우리를 낮은 곳으로 이끈다. 그곳은 서 있어도 안전하고 넘어져도 괜찮은 땅이다. 결국 겸손은 그 안에서 더 확고하고 충만한 자아를 느낄 수 있게 해 준다. 우울증에서 빠져 나온 기분이 어떠냐고 묻는 사람들에게 내 대답은 하나뿐이다.

"처음으로 내 모습 그대로, 세상을 바라보며 편안한 느낌을 누리고 있습니다."

플로리다 스콧 맥스웰Florida Scott Maxwell은 나보다 더 훌륭한 말로 표현했다.

"자신을 온전히 자기 것으로 하기 위해서는 인생의 사건들을 주장하기만 하면 됩니다. 그동안의 자기 모습, 자기 행동을 진정으로 소유하게 되면…, 당신은 현실에 치를 떨게 될 겁니다."

이제 나는 나 자신이 약함과 강함, 약점과 재능, 어둠과 빛을 동시에 가진 사람이라는 걸 안다. 이제 나는 완전해진다는 것이 그중 어느 하나도 거절하지 않고 포용하는 것임을 안다.

어떤 사람은 이런 포용이 자기도취적이며 또 다른 희생을 부르게 될 자아에 대한 집착이라고 말하기도 한다. 그러나 내 경험에 따르면 그렇지 않다. 비뚤어진 에고와 도덕률 때문에 내 진실을 외면했을 때 나는 인생에서 다른 고통을 불러오게 되는 거짓된 삶을 살았다. 그에 대해선 용서를 구할 수밖에 없다.

내가 나의 진실에 주의를 기울이기 시작했을 때 진실 이상의 것들이 나의 일과 관계에서 유용한 것으로 다가왔다. 이제 나는 사람이 자기의 참자아를 위하여 할 수 있는 일이 결국은 다른 사람을 위한 봉사가 된다는 것을 깨달았다.

또 어떤 사람들은 그 사람의 전체를 받아들인다는 의미는 죄를 지어도 된다고 허락하는 허황된 얘기에 불과하다고 말하기도 한다. 그러나 역시 내 경험으론 그 반대다. 약점과 치부, 어둠을 나의 일부로 받아들이면 그런 것 때문에 내가 흔들리는 일이 줄어든다. 왜냐하면 그것들이 원하는 것은 내 자아의 일부로 알아 달라는 것 뿐이니까 말이다.

동시에 전체를 받아들이는 인생은 살아가기에 더 힘들 수도 있다. 왜냐하면 일단 그것을 받아들이고 나면 인생 전체를 살아야 하기 때문이다. 내가 우울증이라는 어두운 숲속에서 발견했던 것 중에 가장 고통스러웠던 것은 내 일부가 계속 우울한 상태로 남아 있고 싶어 한다는 점이었다. 이 죽음과 같은 삶만을 계속 고집한다면 인생을 살아내기가 한결 쉬울지도 모른다. 하지만 나 자신은 물론 다른 사람에게 봉사하는 것은 꿈도 꿀 수 없다.

마침내 나는 인생을 받아들일 수 있었다. 어떻게 그럴 수 있었는지는 여전히 내게도 미스터리이지만 여하간 그 선택을 할 수 있었던 것에 무한히 감사한다.

5

다시 세상으로 돌아오다

Leading

from

Within

리더십은 모든 사람의 소명이다.

그것을 거부하는 것은 도피이다.

당신 역시 이 땅에 살면서 자기 할 일을 다 하고 있다면,

어떤 종류의 리더십을 발휘하는 것이다.

안으로의
여행

우울증의 늪에서 빠져나와 나는 이제
현실에서 리더십이라는 우리의 공동의 소명에 관심을 돌린다. 이
것은 전환을 넘어서 도약에 가까워 보이지만 위대한 지혜의 전통
은 이런 이행에 조금도 놀라지 않는다. 지혜의 전통들은 우리에게
이야기한다.

"내적 여행을 계속 하라, 에고를 지나쳐 참자아에 이르라, 그
러면 자아도취에 빠져 헤매는 것으로 끝나는 게 아니라 인간에
게 따르는 책임감을 좀더 늠름하게 간직한 채 세상으로 돌아오
게 된다."

이런 말들은 단지 이번 장을 꾸미기 위한 장치가 아니다. 내가 우울증의 계곡을 지날 때 나에게 일어났던 일들을 충실하게 반영하는 말들이다. 어둠과 고립으로의 추락이 끝날 때쯤 나는 공동체 일에 다시 종사하게 되었으며, 관심 분야에 리더십을 더 잘 발휘할 수 있었다.

우리는 '리더십'이라는 개념에 종종 거부감을 나타낸다. 자신을 리더로 생각하는 것은 주제넘어 보이기도 하고 심지어 지나친 자기 확대로 비춰질 수도 있다. 하지만 우리가 공동체를 위해 만들어진 존재가 맞다면 리더십은 모든 사람의 소명이다. 그리고 그것을 거부하는 것은 도피일 수도 있다. 우리가 공동체라는 이름의, 밀접하게 짜인 생태계에 살고 있다면 모든 사람들이 인도를 받아야 하고 또 모든 사람이 인도해야 한다.

심지어 한때 오만한 태도로 학교를 떠났으며 대표자가 될 자질이라곤 없는 나 같은 사람도 좋든 싫든 그것을 이해하게 되었고, 내가 있는 자리에서 사람들을 인도하고 있다. 단지 내가 지금 이 땅에서 내 일을 하고 있다는 이유만으로. 당신 역시 이 땅에 살면서 자기 할 일을 하고 있다면, 어떤 종류의 리더십을 발휘하는 것이다.

하지만 우리가 리더십이라는 개념에 거부감을 갖는 이유는 겸손 때문만은 아니다. 다른 또 하나의 이유는 현존하는 대부분의 리더들에 대한 냉소 때문이다. 우리는 그동안 도덕성과 연민, 비전이 부족한 이기적인 리더들을 많이 보아 왔다.

하지만 신문 헤드라인을 다시 한 번 살펴본다면 흔히 우리가 그냥 지나치는 곳에서 존경할 만한 리더들을 찾을 수 있다. 예를 들면 남아프리카, 라틴 아메리카, 동유럽과 같이 거대한 어둠의 현실 속에서 사람들을 빛으로 이끄는 인물들이 있다.

그런 사람들 중에 한 명이 바츨라프 하벨^{Vaclav Havel}이다. 그는 체코의 반체제 극작가이자 인권운동가였으며 한때 수감 생활을 하기도 했다. 지금은 체코 공화국 대통령인 그가 들려 주는 말은 우리에게 리더십의 진정한 의미를 일깨워 준다.

1990년, 체코슬로바키아 공산정권이 무너진 지 두세 달이 지난 후 하벨은 미국에 초청되어 미의회 양원 합동회의에서 다음과 같이 연설했다.

… 전체주의 체제의 공산주의가 우리의 두 개의 국가인 체코와

슬로바키아에 남겨 준 것은 무수한 죽음의 유산과 끝도 없는 인간적 고통, 심각한 경제 침체 그리고 무엇보다도 엄청난 인간적 굴욕감입니다. 공산주의는 우리에게 엄청난 공포를 안겨 주었습니다. 그걸 모르는 여러분들은 행운이지요.

나는 이 미국 땅에 사는 사람 중에도 그런 공포를 아는 사람이 있다고 고백해야 할 것 같다. 하벨은 이어서 이렇게 이야기했다.

공산주의가 남겨 준 좋은 점도 있습니다. 이런 고통스러운 경험을 모르는 사람들보다 조금은 더 많은 걸 볼 수 있는 특별한 능력이 있다는 거지요. 커다란 돌에 깔려 평범한 삶을 살 수 없는 사람은 이런 난관을 겪지 않은 사람보다 희망에 대해 더 오랜 시간 생각하게 됩니다.

우리는 여러분들에게 많은 것을 배워야 합니다. 가난에서 벗어나 번영으로 이끌어 줄 교육 방법, 대표자 선출 방법, 경제 사회를 조직하는 법 등을 배워야 하지요. 하지만 우리도 여러분에게 줄 수 있는 게 있습니다. 우리의 경험과 거기서 나온 지식이지요. ⋯ 내가 얘기하는 그 특별한 경험은 내게 한 가지 확신을

주었습니다. 의식이 존재에 우선한다는 것입니다. 마르크스
주의자들의 주장은 옳지 않습니다.

이 인간 세상의 구원은 바로 인간의 마음속에, 인간의 반성하
는 능력에, 인간의 겸손과 인간의 책임감에 달려 있습니다. 인
간 의식의 전면적인 개혁 없이 진보란 있을 수 없습니다.

하벨이 얘기하는 진정한 리더십의 힘은 외부에 있는 게 아니라 인
간의 마음속에서 찾을 수 있다는 것이다. 가정에서부터 국가에 이
르기까지 어떤 환경에서나 진정한 리더는 자기 자신과 다른 사람
들의 마음을 자유롭게 해방시키는 데에 목표를 둔다. 그러면 그 마
음의 힘이 세상을 해방시킬 수 있다.

"의식이 존재에 우선한다."

"인간 세상의 구원은 바로 인간의 마음속에 있다."

나로서는 지금 우리가 처한 시대적 현실 속에서 이보다 더 강력
하게 내적 생활의 중요성을 단언하는 말을 상상할 수 없다. 하벨의
주장은 인간 역사를 움직이게 하는 근본 요소는 물질적 현실이 아
니라 의식이며 인식, 생각과 정신이라는 것이다. 이것은 결코 허황
된 소리가 아니다. 우리 내면에는 의식의 '아르키메데스의 지점'이

있다. 내적인 어떤 부분을 누르면 우리를 짓누르던 거대한 돌덩이를 들어올릴 수 있는 지렛대가 생겨난다. 그리고 변화를 일으킬 수 있게 된다.

하지만 하벨은 미국에 온 손님으로서 차마 밝히지 못한 진실이 하나 더 있다. 물질이 의식보다 더 강력하며, 경제가 정신보다 더 중요하고, 현금의 흐름이 비전과 아이디어의 흐름보다 더 많은 현실을 창조한다고 믿는 사람들은 마르크스주의자들뿐만이 아니었다. 자본주의자들 역시 이것을 신봉한다. 하벨은 예의상 차마 얘기하지 못했지만 우리 스스로는 정직하게 밝히지 않을 수 없다.

자본주의자들은 내적 생활의 중요성보다 외적 현실의 힘을 훨씬 더 깊이 신봉하는 오랜 전통을 가지고 있다. 우리는 "의식의 힘이 우리를 이끈다는 것은 고무적인 이야기이나 가혹한 현실은…" 하는 식의 얘기를 얼마나 많이 듣고 말해 왔는가? 측량하고 셀 수 있는 것이 아니면 중요한 변화로 여기지 않는 체제에서 일해 본 적이 얼마나 많은가? 전통적인 수단과 방법을 우리 능력에 대한 절대적인 구속으로 이용하면서 창의성을 죽이는 사람들을 얼마나 많이 보았는가?

이것은 어느 하나의 이념을 신봉하는 자들만의 문제가 아니라 인류 전체의 문제이다. 우리의 정신적인 전통을 잘 살펴본다면 우리는 그러한 사회의 희생자라기보다는 오히려 공모자이다.

우리는 정신과 물질, 우리 내적인 힘과 외적인 사건들의 복잡한 상호작용 안에서 살아간다. 외적 현실이 우리를 억압하는 주된 요인이 아니라는 말이다. 만약 사회적으로나 현실적으로 억압된 자신의 모습을 발견하게 된다면 사실은 그 감옥을 만드는 일에 자기 자신이 공모했기 때문이다. 이 말은 외적인 현실을 부정하는 게 아니다. 그것은 단지 좋든 나쁘든 세상에 우리의 의식을 투사함으로써 우리가 세상을 그렇게 만들어 가는 데 일조한다는 것이다.

한 예로, 우리의 교육기관이 변화를 거부한다면 그것은 우리 마음이 변화를 두려워하고 있기 때문이다. 교육기관이 우리에게 끊임없이 어리석은 경쟁을 하도록 만들고 있는 것은 우리의 의식 속에서 다른 어떤 것보다 승리에 큰 가치를 두고 있기 때문이다. 교육이 진정한 인간적 행복에 대해 관심이 없는 것은 우리 안에 있는 무언가가 역시 그 부분에 대해 무관심하고 냉정하기 때문이다. 우리는 무엇을 이 세상에 투사할 것인지 선택할 수 있다. 그리고 그 선택으로 세상의 성장을 도울 수 있다. 의식은 존재에 우선한다.

당신의 의식과 나의 의식은 세상을 창조할 수도, 해체할 수도, 개혁할 수도 있다. 우리가 바로 세상을 끔찍하고 때로는 괴로운 책임의 근원지 그리고 변화에 대한 절실한 희망의 근원지로 만드는 데 공모하고 있다. 그것이 우리 모두에게 리더십이 필요한 이유이며 우리 모두를 리더로 만드는 진실이다.

그늘과
영성

리더는 세상의 어떤 부분에 그리고 그
곳에 사는 사람들의 삶에 그늘과 빛을 드리울 수 있는 힘을 지닌
사람이다. 리더는 사회의 의식을 형성하며 사람들을 그 안에서 살
아가도록 한다. 천국처럼 빛이 가득한 의식일 수도 있고 지옥처럼
어두운 의식일 수도 있다. 훌륭한 리더는 리더십의 행위가 해를 끼
치는 일이 없도록 하기 위해 내면의 그늘과 빛의 상호작용을 아주
잘 파악하고 있다.

예를 들면, 교사들은 학생들이 아주 많은 시간을 보내야 하는
환경을 만들고 이끌어 가는 역할을 한다. 그런데 어떤 교사들은 그

환경에 새롭게 성장하고 번성할 수 있는 빛을 비추어 주는가 하면, 반대로 어떤 교사들은 어린 묘목을 죽음에 이르게 하는 그늘을 드리우기도 한다. 부모들도 가정에 마찬가지의 역할을 하며 성직자는 교회 전체에 같은 역할을 한다.

그러나 자신의 내적인 원동력을 통해 매일 어떤 결정을 내리는 기업의 최고경영자(CEO)들은 그러한 내적 동기의 원리를 거의 염두에 두지 않는다. 심지어는 그런 것이 있다고 믿지도 않는다.

우리는 그동안 리더십이라는 개념에 접근할 때 '긍정적인 사고의 힘'이라는 부분에만 초점을 맞추어 왔다. 나는 리더로서 빛보다는 그늘을 더 많이 드리우는 경향에 대해 특별히 초점을 맞춤으로써 그런 접근 방식에 균형을 맞추고자 한다.

스스로 드리운 그림자를 보지 못함으로써 리더들은 너무나 자주 위험한 착각에 빠져 그러한 생각들을 키워 나간다. 자신의 노력은 언제나 좋은 의도에서 나온 것이며 능력도 충분한데, 문제는 자신이 인도하려는 사람들에 있다는 식의 생각 말이다.

리더십, 특히 대중적 리더십을 가지고 있는 사람들은 외향적인 기질이 있다. 이것은 다른 말로 하면 종종 자기 내부에서 일어나는 일에는 무심하다는 뜻이기도 하다. 리더는 외부 세계를 경영하는 전문적인 기술뿐만 아니라 그늘과 빛의 근원을 향한 내면의 여행을 올바로 해내는 영적인 기술도 갖추어야 한다.

'영성靈性'이란 말은 리더십과 마찬가지로 정의하기 힘들다. 하지만 애니 딜라드Annie Dillard는 진정한 영성이 무엇인지에 대해 생생한 이미지를 제시했다.

"우리 의식 깊은 곳에는 폭력과 테러라는 괴물이 자리하고 있습니다. 하지만 이 괴물들을 타고 우리가 인식할 수 있는 세상의 테두리를 넘어 더 깊이 들어가면 과학으로는 밝혀낼 수조차 없는 거대한 바다를 만나게 됩니다. 매트릭스 구조와도 같은 그 속에 세상 만물들이 떠다니고 있습니다. 그 지점이 바로 우리가 세상에서 말하는 선善에게는 선한 힘을, 악惡에게는 악한 힘을 주는 근원입니다. 이 지점은 매우 복잡하고 설명할 수 없는 관계의 그물망 속에서 모든 것이 하나로 통합된 장場입니다. 또한 이 지점에 다다르면 서로에 대한 그리고 자신에 대한 근원적인 사랑을 경험하게 됩니다. 이것은 학습을 통해 얻어지는 것이 아닙니다. 그냥 우리에게 주어지는 것입니다."

딜라드는 영적 여행의 중요한 특징 두 가지를 지적한다. 그 중의 하나가 어둠으로의 여행이다. 어둠의 여행은 인생의 가장 힘들고 어려운 현실을 향해 우리를 안으로, 아래로 이끌고 간다. 우리가 알고 있는 이상적이고 긍정적인 세계와는 반대 방향으로 나아가는 여행이다. 왜 우리는 아래로 내려가야만 하는 걸까?

왜냐하면 그 여행을 통해 우리는 자기 내부에 있는 어둠을 볼 수 있기 때문이다. 그 어둠은 우리가 다른 사람에게 드리우는 그늘의 궁극적인 근원이기도 하다. 적이 내 안에 있다는 것을 알지 못하면 우리는 누군가 '저 바깥에' 있는 사람을 적으로 만들 방법을 수천 가지나 찾아낸다. 그래서 사람들을 해방시키기보다는 억압하는 리더가 되고 만다.

하지만 애니 딜라드의 말대로 자기 내부에 있는 어둠의 괴물들을 타고 아래로 계속 내려가면 중요한 한 지점에 이르게 된다. 그 지점은 모든 것이 하나로 통합된 장이며, 자기 자신과 서로에 대한 근원적인 사랑을 경험하는 상태이다. 또한 조각난 인간 삶의 표면 아래에 공유되는 의식의 공동체이다. 훌륭한 리더십은 자기 내부의 어둠을 꿰뚫고 지나가 사람들과 하나가 되는 지점에까지 이른 사람들에게서 나온다. 그들은 이미 어둠을 경험했고 길을 알고 있기에 다른 사람들을 '완전함'으로 이끌 수 있다.

바츨라프 하벨은 애니 딜라드가 묘사
한 여행을 잘 알고 있을 것이다. 체코인들에게 강요된 정치적 압박
과 공산 정권하에서 살아남기 위해 싸울 때 하벨이 겪었던 심리적
인 우울증의 과정에서 알 수 있다.

1975년 하벨은 우울증의 힘에 밀려 체코 공산당 대표 구스타프
후사크에게 공개 항의 서한을 썼고 그 일로 그는 투옥되었다. 그
편지는 하벨이 자살 대신에 선택한 '자기 치유'의 행위였다. 또 그
것은 더 이상 분열된 삶을 살지 않겠다는 결정의 표현이었다. 하벨
은, 침묵은 거짓된 삶과 내적인 자기 파멸을 자초할 것임을 알았던
것이다.

그것은 어떤 난관에 봉착했을 때 우리 앞에 놓이는 선택이다.
넬슨 만델라 역시 똑같이 선택했다. 그러기에 이십팔 년간의 수감
생활 동안 절망에 빠지는 대신 내적으로 리더십을 준비한 것이다.
대부분의 억압적인 환경 속에서 만델라나 하벨 그리고 아래로 향
한 길을 여행하는 무수히 많은 사람들은 자기 내면에 있는 어둠의
세계를 지나가게 된다. 그리고 다시 떠오른다! 다른 사람들을 공

동체로, 모든 것이 하나로 연결된 근원적인 사랑으로 이끌고 갈 능력을 가지고 말이다.

자기 영혼을 다루는 것보다는 물질과 제도를 다루고, 타인을 조종하는 외부 세계의 일이 훨씬 더 쉽다. 우리는 외부 세계가 마치 무한히 복잡하고 힘든 것처럼 얘기하길 좋아한다. 하지만 그것은 우리 내적 여행의 미로에 비하면 가벼운 스텝 댄스에 불과하다! 하지만 어째서 그 많은 어려움과 위험에도 불구하고 내적 여행을 떠나려는 사람이 있는 것일까?

우리가 내적인 여행을 떠나게 되는 이유를 잘 나타내 주는 나의 경험을 하나 들려주겠다. 나는 사십 대 초반에 '극기 훈련' 프로그램에 참여하기로 결심했다. 당시에 내가 어렴풋이나마 알고 있었던 사실은 내가 막 우울증에 빠지려 하고 있다는 것 그리고 극기 훈련이 내 인생을 뒤흔들어 그것을 통해 내가 알아야 할 것을 배울 수 있을지도 모른다는 것이었다.

나는 메인주 해안의 허리케인 섬에서 벌어지는 일주일짜리 코스를 택했다. 이름에서 프로그램이 어떤 것인지 알아차렸어야 했다! 다음번에 그럴 일이 있다면 반드시 '행복한 정원'이나 '즐거운 계곡' 코스를 택하리라! 그 일주일은 진정한 성장을 경험한 기간이긴 했지만 동시에 두려움과 혐오의 기간이기도 했다.

일주일간의 프로그램에서 나는 내가 제일 무서워하는 도전에 직면했다. 강사 한 명이 나를 높이 삼십 미터가 넘는 절벽 끝에 세웠다. 내 허리에는 너덜너덜해서 끊어질 것처럼 보이는 가느다란 밧줄 하나를 묶어 주고는 절벽하강을 시작하라고 했다.

"뭐라고요?"

내가 말했다.

"그냥 내려가요!"

강사는 전형적인 극기 훈련 방식으로 명령했다. 나는 내려갔다. 그러고는 꼭대기에서 일 미터 정도 아래쪽에 선반처럼 튀어나온 바위 턱으로 쿵하고 떨어졌다. 온몸의 뼈마디와 머리가 으스러질 것만 같았다. 강사는 나를 내려다보며 말했다.

"무슨 말인지 잘 모르는가 보군요."

"네."

나는 뭐라 반박할 입장이 아니었다.

"내가 어떻게 해야 하는 거죠?"

"최대한 몸을 뒤로 젖혀요. 몸을 절벽과 직각으로 세워서 발로 자기 몸무게를 지탱해야 합니다. 생각으로는 그러면 안 될 것 같지만 방법은 그것뿐이에요."

물론 나는 그가 틀렸다고 생각했다. 나는 최대한 바위에 가까이 붙어서 절벽을 끌어안듯이 하고 내려가는 게 요령이라고 생각했다. 내 방식대로 다시 한 번 시도했다. 그리고 일 미터 아래의 바위 턱에 다시 떨어졌다.

"아직도 안 되는군요."

강사가 도와주려 했다.

"네, 어떻게 해야 하는지 다시 한 번 말해 줘요."

"몸을 뒤로 젖혀요, 그리고 한 발짝 떼 봐요."

아주 힘들었지만 어찌어찌 한 발짝을 떼었다. 그리고 놀랍게도, 괜찮았다. 나는 허공을 향해 몸을 뒤로 젖혔다. 눈은 하늘을 보며 기도했고, 발을 조금, 아주 조금씩 움직였다. 그리고 바위 표면을 조금씩 내려가기 시작했다. 한 걸음 뗄 때마다 자신감이 붙었다. 반쯤 내려가자 아래쪽에 있던 두 번째 강사가 소리쳤다.

"파커, 잠깐 발밑에 뭐가 있는지 봐요."

천천히 몸이 움직이지 않도록 하며 아래쪽을 내려다보았다. 거기 바위 표면에는 깊은 구멍이 있었다. 계속 내려가려면 그 구멍을 돌아서 가야만 했다. 이제 막 똑바로 내려가는 것에 조금 익숙해졌는데, 이젠 그렇게 가면 안 되는 것이었다. 코스를 바꿔 몸을 돌려서 구멍의 왼쪽으로든 오른쪽으로든 돌아서 가야 했다. 그것은 나에게 곧 죽음과도 같았다. 나는 두려움에 온몸이 얼어붙어 꼼짝할 수가 없었다.

두 번째 강사는 아무 말 없이 내가 거기 매달려 떨고 있도록 내버려 두었다. 시간이 꽤 흐른 것 같았다. 마침내, 그녀가 나에게 외쳤다.

"파커, 뭐가 잘못됐어요?"

지금도 내가 어떻게 그런 말을 했는지 모르겠다. 그 당시 내 말을 들은 사람이 열두 명이나 있었지만 말이다. 찢어지는 듯한 목소리로 나는 소리쳤다.

"말하기 싫어요!"

"그렇다면 이제, 극기 훈련의 모토를 배울 때가 됐군요."

두 번째 강사의 말이었다.

"아이고, 맙소사! 내가 죽게 생겼는데 한가하게 모토나 가르쳐 주려 하다니!"

하지만 그녀는 결코 잊지 못할 한마디를 내게 던졌다. 그 충격

159

은 지금도 생생하다.

"만약 당신이 거기서 빠져나올 수 없다면 그 안으로 뛰어드세요!"

강사의 말은 너무나 강렬해서 내 머리를 그냥 스쳐지나 내 몸으로 뚫고 들어와서는 내 다리와 팔을 움직이게 했다. 나를 구하러 날아올 헬리콥터 같은 것은 어디에도 없었다. 절벽 위의 강사가 로프를 당겨 나를 끌어 올려 주지도 않을 테고, 땅으로 사뿐히 나를 내려놓을 낙하산을 지고 있는 것도 아니었다. 이 어려움에서 빠져나갈 방법은 그 상황 속으로 뛰어드는 것뿐이었다. 내 발은 조금씩 움직이기 시작했다. 그리고 몇 분 후 나는 안전하게 내려왔다.

왜 사람들은 위압적이고 험난한 내면으로의 여행을 떠나려 하느냐고? 왜냐하면 자기가 처한 내적인 상황에서 빠져 나올 방법이 그것 말고는 없기 때문이다. 그러므로 차라리 그 안으로 들어가는 것이다. 유일한 탈출구는 안으로, 아래로 향하는 영적 여행길의 과정 속에 있다.

리더가
갖기 쉬운
다섯 가지
그늘

지도자로서 그늘보다 빛을 더 많이 드리우고 싶다면 내면의 어떤 괴물을 타고 아래로, 아래로 내려가야 한다. 그것들이 만들어낸 그늘을 탐험하고 우리 자신의 영적 생활에 뛰어들 때 찾아오는 변화를 경험해야 한다.

그런 괴물 다섯 가지에 대한 이야기를 소개하겠다. 내게 이 다섯 가지는 이론적인 것이 아니다. 나는 우울증으로 침잠하는 경험을 하는 동안 개인적으로 그것들 각각과 친해졌다. 그것들은 또한 내가 각계각층의 리더들인 CEO, 목사, 부모, 교사, 시민, 이상주의자들을 후퇴시켜 공통의 땅을 향한 내적 여행을 시작하도록 인도

할 때 함께 작업하는 괴물들이다.

그늘을 드리우는 첫 번째 괴물은 자기 정체성과 존재 가치에 대한 불안이다. 많은 리더들이 외향적인 성향을 갖고 있어서 이 그늘은 잘 보이지 않는다. 하지만 외향성은 때로 자기 불신을 극복하는 방법으로 발전되기도 한다. 자신의 존재 가치를 입증하기 위해, 아니면 단지 그 문제를 피하기 위해 외적 활동으로 뛰어든다. 이것은 특히 남성들 사이에서 잘 알려진 증후군으로 나타난다. 자기 정체성을 증명하는 방법으로 어떤 외적 역할을 수행하는 것에 지나치게 의존하는 것이다. 그러다 그 역할을 빼앗기면 우울증에 빠지고 심지어 죽음에 이르기까지 한다.

어떤 사람들은 자신의 정체성에 대해 불안을 느낄 때면 자기 정체성을 지키려는 방편의 하나로 다른 사람의 정체성을 빼앗는 환경을 만들어낸다. 가정 내에서도 언제나 일어나는 일이어서 부모들은 자녀들을 존중하려 들지 않는다. 또한 사무실에서도 흔한 일이다. 각계각층의 조직에는 다수의 정체성을 빼앗아 소수가 자신의 정체성을 강화하려는 역학이 작용한다.

예를 들어 교실로 가보자. 불안한 교사는 학생들에게 자기의 지식 창고를 수동적으로 받아 적을 것을 강요한다. 여기서 교사의 자아의식은 더욱 강해지고 상대적 약자인 학생들의 자아의식은 약해진다. 또 병원을 보라. 의사들의 우월성을 주장하는 방편으로 '410호 병실의 콩팥' 하는 식으로 환자들을 물건 취급한다. 바로 그때에 약자인 환자들에게는 절실하게 자기 정체성이 필요하다.

물론 상황이 늘 이런 것은 아니다. 다른 사람들의 정체성을 빼앗는 데 의존하지 않는 사람들이 리더로 있는 환경이나 단체도 있다. 만약 당신이 그런 가정이나 사무실, 학교나 병원에 있다면 자기가 누구인지 명확하게 알고 있는 리더 덕분에 당신의 자아의식은 더욱 강화될 것이다.

이런 리더들은 내적 여행을 떠나는 모든 사람들에게 도움이 될 선물을 가지고 있다. 즉 정체성이란 우리가 수행하는 역할이나 그 역할에 주어지는 타인에 대한 지배력에 의존하는 것이 아님을 아는 것이다. 정체성은 우리가 신의 자녀라는 간단한 사실에 달려 있다. 리더가 이것을 알고 있을 때 가정이나 사무실, 교실, 병원에서는 그 일에 관련된 모두에게 생명을 전해 주는 일이 일어나게 마련이다.

많은 사람들의 내면에 있는 두 번째 그

늘은 세상은 전쟁터이며 사람에게 적대적인 곳이라는 믿음이다. 일, 특히 회사 일에 대해 얘기할 때 우리가 얼마나 자주 전쟁의 이미지를 사용하는지 생각해 보라. 전술과 전략, 아군과 적군을 언급하고 승리와 패배, '죽기 아니면 살기'라는 식으로 이야기한다. 그러한 이미지는 우리가 사는 세상은 본질적으로 넓은 전쟁터이기에 치열한 경쟁을 벌이지 않는다면 틀림없이 패배하고 말 거라는 상상에 빠지게 한다.

불행히도 인생은 '자기 예언'에 따라 이루어지는 일들로 가득하다. 패배에 대한 두려움은 사람들이 마치 전쟁터에 사는 것 같은 느낌을 갖고 살아가게 한다. 세상은 경쟁으로 가득하다. 하지만 대개는 우리 스스로가 그렇게 만들어 가는 것이다.

최근에 회사에서부터 변화대행사, 학교에 이르기까지 정신적으로 앞서가는 몇몇 단체들이 생겨나고 있다. 그들은 사업을 하는 데 경쟁이 아닌 또 다른 방법, 합의를 이루고 협동하며 공동으로 일을 추진하는 방법이 있음을 배우는 중이다. 즉, 그들은 지금까지와는 다른 예언을 성취하며 다른 현실을 창조하고 있는 것이다.

내적 여행의 과정에서 우리가 받는 선물은 세상은 영원히 함께 작용함을 깨닫는 통찰력이다. 현실이라는 구조는 전쟁의 구조와

다르다. 현실은 사람을 잡아먹는 곳이 아니다. 물론 죽음이 있긴 하지만 그것은 생명 사이클의 일부이다. 우리가 그 사이클에 순응하면 우리 인생에는 위대한 조화가 찾아온다. 근본적으로 현실의 본질을 이루는 것은 전쟁이 아니라 조화라는 영적 진실이다. 이것이 리더십의 그늘을 바꾸어 놓을 수 있으며, 우리의 단체들을 바꾸어 놓을 수 있는 것이다.

리더들에게 흔한 세 번째 그늘은 모든 일에 대한 마지막 책임이 우리 인간의 몫이라는 믿음이다. 이것은 이 땅에서 어떤 좋은 일이 일어날 거라면 그 일을 일으켜야 할 존재가 바로 우리라는 무의식적인 믿음이다.

이 그늘은 삶의 모든 단계에서 병을 일으킨다. 우리 의지를 남에게 강요하도록 하며, 관계를 지나치게 압박해서 때로는 단절에까지 이르게 한다. 종종 세상이 우리 뜻대로 되지 않는다는 것을 알고, 그 사실에 화가 난 나머지 탈진이나 우울증, 절망으로 끝나기도 한다.

이러한 '기능적 무신론'은 또한 집단 광란을 유발하는 그늘이다. 그것은 왜 보통의 그룹이 단 15초의 침묵도 참지 못하는지를 설명해 준다. 우리는 어떤 소리라도 내지 않고 있을 때는 아무런 좋은 일도 일어나지 않으며 뭔가 죽어가고 있다고 믿는 것이 아닐까? 그것은 명백히 잘못된 믿음이다.

내적 여행에서 우리가 받는 선물은, 세상에는 우리만 활동하고 있는 것이 아님을 알게 되는 것이다. 세상에는 다른 활동이 있기만 한 게 아니라, 그 중 어떤 것은 우리보다 더 낫다. 스스로를 해방시키고 그들에게 힘을 부여함으로써 모든 짐을 우리가 져야 하는 게 아니라 다른 사람들과 나눌 수 있음을 알게 된다. 때로는 짐을 내려놓고 홀가분함을 누릴 수도 있다.

우리를 이끄는 거대한 공동체는 우리가 할 수 있는 일만 맡기고 나머지는 다른 사람들에게 맡긴다.

우리 내면에 있는 네 번째 그늘은 두려움, 특히 인생의 혼돈에 대한 두려움이다. 상당수의 부모와 교사, 최고경영자들은 세상에서 그런 혼돈의 잔여물을 없애는 데 혼신의 힘을 다하고 있다. 우리는 세상을 완벽하게 정돈하고 배열하여 다시 혼란스러움이 일어나 우리를 위협하지 못하게 하려 한다.

여기서 말하는 혼란이란 의견 차이, 혁신, 도전과 변화를 의미한다. 가정, 학교, 종교, 기업에서 이 그늘은 규칙과 절차를 엄격하게 하여, 권한 부여가 아닌 구속의 분위기를 조성하는 것으로 나타난다. 물론 그러고 나면 우리가 가두어 놓은 혼란은 구속을 깨고 나오려고 발버둥 친다.

내적 여행에서 우리는 혼돈이 '창조성의 전조'라는 통찰력을 얻게 된다. 모든 창조 신화에 있듯이 인생도 무(無)에서 나온 것이다. 이미 창조된 것도 때때로 혼돈으로 돌아갈 필요가 있다. 그래야 더욱 생기 있는 형태로 다시 살아난다. 리더가 혼돈을 두려워해서 그것을 없애려 든다면, 그 리더가 접근하는 모든 것에 죽음의 그림자가 드리울 것이다. 인생의 혼란에 대한 최후의 해답은 죽음이니까 말이다.

리더가 드리우는 그늘에 대한 마지막 예는, 역설적이지만 죽음 자체를 부정하는 것이다. 우리는 때로 어떤 것을 그 수명이 다하기 전에 죽이는 경우도 있지만, 또 모든 것은 정해진 때가 되면 죽게 마련이라는 사실을 부정하며 살기도 한다. 이런 부정을 따르는 리더들은 종종 주변 사람들에게 이미 죽은 것을 부활시키라고 요구한다. 오래전에 끝냈어야 할 과제와 프로

그램이, 죽음을 자기 눈으로 보고 싶지 않은 리더의 불안감을 달래기 위해 계속 살아 있게 되는 것이다.

죽음을 부정하는 심리 내면에는 또 다른 두려움이 숨어 있다. 바로 실패에 대한 두려움이다. 대부분의 회사에서 실패는 해고 통지서를 의미한다. 비록 그 실패가 지고한 목적을 수행하다가 나타난 결과라 해도 말이다.

흥미롭게도 우리 문화에서 그토록 존경받는 과학은 이런 종류의 두려움을 초월한 것처럼 보인다. 훌륭한 과학자는 가설의 죽음을 두려워하지 않는다. 왜냐하면 그 '실패'는 진리에 이르는 데 필요한 길을 더 분명하게 입증해 주기 때문이다. 때로는 성공한 하나의 가설보다도 더 많은 사실을 알려 주기도 한다. 모든 환경에서 최고의 리더는 실패가 뻔한 일이라 해도 그럴 만한 가치가 있다면 위험을 무릅쓴 사람들에게 포상을 한다. 이런 리더들은 죽음이 언제나 새로운 배움의 원천이라는 것을 알고 있다.

내적 여행에서 우리가 얻는 선물은 결국 모든 것에는 죽음이 다가옴을 알게 되는 것이다. 하지만 죽음이 끝은 아니다. 생명이 다한 어떤 것을 죽게 함으로써 새로운 삶이 나타날 수 있는 환경을 창조할 수 있는 것이다.

공동체에서의
내면 활동

리더십에 따르는 내면의 문제 해결을
서로 도와줄 수 있을까? 도와 줄 수 있다. 그리고 도와야 한다. 우
리가 리더로서 우리의 내적 생활을 다루는 데 자주 실패하면 너무
많은 개인과 단체를 어둠 속에 방치하게 된다. 가정에서부터 기업,
정치에 이르기까지 많은 이들이 내가 지적한 바 있는 그늘 때문에
곤란을 겪고 있다. 거기서 빠져 나올 방법은 없으니 그 안으로 뛰
어들어야만 한다. 서로 도와서 우리 내면의 삶을 탐험해야 한다.
그런 도움에는 어떤 것이 있을까?

먼저 '내면 활동(inner work)'의 가치를 끌어올려야 한다. '내면 활

동'이라는 말이 가정이나 학교, 종교 단체에서 평범한 말이 되어야 한다. 적어도 내면 활동이 외적 활동과 마찬가지로 실제로 있다는 것부터 인식해야 한다. 그리고 그러한 활동에는 일기 쓰기, 책 읽기, 명상과 기도처럼 계속해서 발전시켜 나갈 수 있는 기술이 필요하다는 것을 알아야 한다. 부모들이 지금까지 그 부분에 대해 잘 몰랐다 해도 자녀들에게 알려 줄 수는 있다. 내면 활동에 소홀한 사람은 외적 활동 역시 어려움을 겪게 되리라는 점 말이다.

두 번째로, 우리는 내면 활동이라는 말을 널리 퍼뜨려야 한다. 내면 활동은 매우 개인적인 문제이긴 하지만 반드시 비밀스러울 필요는 없다. 내면 활동은 공동체를 통해서 도움받을 수도 있다. 정말이지 내면 활동을 함께하는 것은 혼자 하는 것과는 결정적인 대조를 이룬다.

그러나 이것을 그냥 두면 다른 사람들이 잘못을 고쳐줄 수 있다는 착각에 빠져들지도 모른다. 우리 주변에는 온통 '서로 바로잡아 주기'를 실천하는 공동체들이 많다. 하지만, 극단적인 전체주의적 실천은 수줍음 많은 영혼을 더 깊이 숨어들게 만든다.

하지만 공동체가 어떻게 그런 도움을 줄 수 있는지가 중요한 문제이다. 다행히도 공동의 통찰력과 지원에 대한 다른 모델이 있다. 예를 들면 이 책의 앞부분에서 언급했던 퀘이커 공동체의 투명위원회 같은 것이다. 개인적 문제를 이 소그룹에 가지고 오면 위원회에서는 당신의 문제를 해결하는 것을 도와준다.

그러나 '고쳐야 할 점'에 대한 제안이나 조언은 금지되어 있고, 다만 세 시간 동안 정직하고 개방적인 질문을 통해서 당신 스스로 자신의 내적 진실을 발견할 수 있도록 도와준다. 이런 공동의 절차는 당신의 자율권에 대한 침범이 아니라 지원이다. 이런 절차는 선부르게 판단하는 것을 막고, 내면에서 울려나오는 의식의 탄생을 돕는 산파 역할을 한다. 그리하여 우리가 가진 문제와 가능성을 면밀히 살펴보는 것을 도와준다.

이런 형태의 공동체를 이루는 비결은, 관계를 맺되 그 안에서 서로 혼자일 수 있는 권리를 보호하는 역설을 유지하는 것이다. 우리는 함께 살되, 그 방식은 영혼의 고독을 존중해야 한다.

또 우리가 남을 구하려 들 때 흔히 범하는 무의식적인 폭력을 피해야 한다. 그 신비를 손상시키지 않으면서 다른 사람의 삶을 지탱하도록 돕는 능력을 발휘해야 한다. 그리고 절대로 다른 사람에게 우리 자신의 필요를 채워 달라고 강요해서는 안 된다.

사람들이 그런 방식으로 함께 사는 것을 일상생활에서 확인하기란 어렵지만 가능하기는 하다. 나의 경우 병적 우울증을 통한 내 여행에서 확인할 수 있다. 몇몇 사람들이 내 영혼의 순결함을 해치지 않으면서 내게 다가오는 방법을 찾아냈을 때 경험했던 치유의 효과에서 나는 그것을 확인했다.

그들이 나에게 보여 준 행동은 나를 '고치거나' 서로를 포기하게 될지도 모른다는 두려움에서 나온 게 아니었다. 그러기에 나에게 인간 세상으로 돌아오게 하는 생명의 끈이 되어 줄 수 있었다. 그 생명선은 가장 심오한 형태의 리더십을 만들어 냈다. 고통받는 사람을 죽음 같은 삶에서 다시 삶으로 인도한 것이다.

세 번째로, 우리는 서로에게 두려움이 우리 삶에서 차지하는 지배적인 역할을 상기시켜 줄 수 있다. 그리고 우리의 능력을 가로막는 두려움이 어떤 방법을 즐겨 사용하는지도 모두에게 인식시켜 줄 수 있다.

세상의 모든 전통적인 지혜의 말씀이 두려움을 언급하고 있음은 결코 우연이 아니다. 그 모든 지혜의 말씀이 인간이 이 오래된 적을 이겨내기 위한 싸움에서 나온 것이기 때문이다. 그리고 모든 지혜의 전통은 엄청난 다양함에도 불구하고 하나의 말씀으로 통합한다.

"두려워 말라."

두려움을 잘 알고 있는 사람으로서, 나는 자칫 그 뜻이 왜곡되어 '완벽'이라는 기운 빠지는 충고를 만들어 내지 않기 위해, 그 말씀들을 주의 깊게 읽었다. 두려워 말라는 말은 두려움을 가져선 안 된다는 뜻이 아니다. 사람은 누구나 두려움을 갖고 있다. 그리고 내면에서 리더십을 발견한 사람들은 종종 더 많은 두려움에 빠지기도 한다.

이 말에 담긴 뜻은 우리가 발견하게 되는 그 두려움에 빠질 필요가 없다는 뜻이다. 두려움의 공간에서 리더십을 발휘할 필요는 없다. 그렇게 하면 오히려 그 때문에 두려움이 증폭되는 세상을 만들 것이다.

우리는 누구나 내부에 두려움의 공간을 갖고 있다. 하지만 신뢰와 희망, 믿음이라는 이름을 가진 또 다른 공간들도 가지고 있다. 우리는 그 공간들 중 하나를 선택해서 거기서 리더십을 발휘할 수 있다. 우리가 그런 공간들 중 하나에 서 있을 때에도 두려움은 가까이 있고 우리 영혼은 아직도 떨고 있을지도 모른다.

하지만 이제 우리는 우리를 지탱해 줄 단단한 땅 위에 서 있다. 우리는 이 땅에서 시작해서 더 믿을 만하고, 더 희망차고, 더 충실한 존재의 길로 다른 사람들을 인도할 수 있다.

인생의 사계절, 가을 겨울 봄 여름

There

Is

a Season

우리는 할 수 있고 또 해야만 한다.

우리의 과학이 인간을 위한 것이기를,

우리의 제도가 계속 유지되기를,

우리가 더 깊이 치유 되기를,

우리 인생이 진실하기를 바란다면.

끝없는
순환

이 책 전반에 걸쳐서 나는 우리가 세상에 태어날 때부터 심어져 있는 참자아의 '씨앗'에서부터 어둠을 지나 빛으로 향하는 '여행'에 이르기까지 비유의 렌즈를 써서 자아와 소명에 대해 이야기했다. 이제 자아와 소명을 계절의 변화를 통해 살펴보는 또 하나의 비유로 이 책을 맺으려 한다.

계절의 비유는 우리가 세상의 법칙의 본질을 깊이 이해할 수 있게 한다. 한 알의 씨앗은 끝없는 계절의 순환 속에서 삶의 단계를 진행시킨다. 계절의 순환은 우리에게 그 여행에 끝이란 없다는 생각이 들게 한다. 우리 인생은 끝없이 되풀이되는 신화의 한 페이지를 장식하는 것이다. 즉 우리는 '나는 누구인가?', '나는 누구의 것인가?'와 같은 결코 대답할 수 없는 질문들의 주위를 나선형으로 돌면서 따라 내려간다. 하지만 시인 릴케는 우리의 삶 전체가 '질문을 사는 것'이라고 했다.

계절의 비유는 또한 우리의 질문에 새로운 범위를 준다. 자아와 소명에 대한 탐색을 내적 삶의 깊이에 존재하는 그 기원의 범위를 넘어, 인간 공동체와 공동체에 필요한 리더십의 범위를 넘어, 본질의 세계로 이끌어 준다. 눈에 보이는 모든 세계 중에서 가장 광대한 세계이며, 우리 인생이 그 안에서 뿌리내리는 곳이다.

비유는 물론 문학적 산물 이상의 것이다. 사람들은 대부분 무의식적이긴 하지만 자기 인생의 경험을 말할 때 비유를 사용한다. 이런 개인적 비유는 단순한 현실 묘사 이상의 작용을 한다. 우리가 가진 가장 생생한 능력 중의 하나인 상상력을 발휘하면 비유는 곧잘 현실이 되며, 언어에서 우리 생활 속에 살아 있는 것이 된다.

어떤 사람들은 "인생은 기회의 게임 같은 것, 승자도 있고 패자도 있다."고 말한다. 하지만 이런 비유는 패배에 대한 숙명론을 만들어 낼 수 있다. 또 어떤 사람들은 "인생은 전쟁터 같은 것, 적을 무찌르지 않으면 내가 적에게 당한다."고 말한다. 하지만 이런 비유는 사방에 적을 만들고 항상 공격태세를 유지하는 결과를 초래한다. 비유를 선택할 때는 현명해야 한다.

계절은 인생의 움직임을 나타내는 현명한 비유이다. 이 비유는 인생이 전쟁터나 기회의 게임이 아닌 무한한 풍요와 더욱 유망하며 현실적인 어떤 것임을 제시해 준다.

우리의 인생이 끝없는 계절의 순환과 같다는 개념은 투쟁과 기쁨, 손실과 이득, 어둠과 빛을 부정하지 않으며, 우리가 그 모든 것을 포용하도록 그리고 그 안에서 성장의 기회를 발견하도록 기운을 북돋아 준다.

우리가 농경사회에서 자연과 친밀하게 산다면 비유이자 현실로서의 계절이 계속해서 우리 삶의 틀을 만들어 갈 것이다. 하지만 우리의 시대를 지배하는 비유는 농업이 아니라 공업에서 나온다. 이러한 비유를 통해서는 우리의 인생을 '기른다(grow)'가 아니라 '만든다(make)'고 믿는다. 일상의 대화에서 '만든다'라는 말을 어떻게 쓰는지 한 번 들어 보라. 시간을 만들고(make time), 친구를 만들고(make friends), 의미를 만들고(make meaning), 돈(make money)과 생활(make a living)과 사랑(make love)도 우리는 모두 '만든다(make)'라고 표현한다.

앨런 왓츠^{Alan Watts}의 관찰에 따르면, 중국 어린이는 "아기는 어떻게 자라나요?(How does a baby grow?)"라고 묻는 반면, 미국 어린이는 "아기는 어떻게 만들어요?(How do you make a baby?)"라고 묻는다고 한다. 우리는 어렸을 때부터 우리가 모든 것을 만든다는 문화의 오만한 자신감에 젖어 있다. 세상은 단순한 '원료'이고 거기에 우리가 디자인과 노동을 가하기 전에는 아무런 가치가 없는 것으로 격하시켜 버리는 것이다.

우리는 인생이 어김없는 계절의 순환과 우리가 함께 공모하는 힘의 작용에 의존한다는 개념을 받아들여야 한다. 그때 우리는 무엇이든 우리가 원하는 종류의 인생을 원하는 때에 만들어 낼 수 있다고 주장하는 오만한 문화 속으로 거꾸로 돌진해 들어가게 된다. 또한 언제나 책임은 우리에게 있다고 믿고 싶어 안달하는 자신의 단단한 에고를 향해 뛰어들게 된다.

우리는 이렇게 왜곡된 문화와 에고를 개혁해 나가야 한다. 그것을 통해 인생의 살아 있는 생태적 환경을 존중하는 데에 뿌리를 둔 생각과 행동 그리고 존재 방식으로 바꾸어 나가야 한다.

이러한 생태 환경은 우리가 요구하는 '원료'로서 주어지는 게 아니다. 우리 인생을 지탱하는 존재로서 우리에게도 '존재'를 요구하는 것이다. 우리는 세상을 변화시키기 위해서만 태어난 것이 아니라 우리 자신도 변화하기 위해 태어난 것이다.

변화는 어려운 일이다. 그러나 인생이 계절의 순환이라는 비유에는 어려움과 함께 안락함도 있다는 사실을 알아두는 게 좋다. 그 이미지에 비추어, 세상에는 우리만 홀로 있는 게 아님을 알게 된다. 우리는 광대한 존재의 공동체에 참가하는 일원으로서, 우리가 마음을 열고 그 인도에 따르면 이 위대하고 은혜로운 진리의 공동체에서 사는 법을 새롭게 배울 수 있다.

우리는 할 수 있고 또 해야만 한다. 우리의 과학이 인간을 위한 것이기를, 우리의 제도가 계속 유지되기를, 우리가 더 깊이 치유되기를, 우리 인생이 진실하기를 바란다면.

가을

가을은 대단히 아름다운 계절임에 틀림없지만, 또한 조락의 계절이기도 하다. 낮은 점점 짧아지고, 햇살은 영롱하며, 풍요의 여름은 죽음의 겨울로 쇠퇴한다. 피할 수 없는 겨울을 목전에 두고 자연은 가을에 어떤 일을 하는가? 자연은 새봄에 다시 자라날 씨앗을 뿌린다. 그것도 놀랄 만큼 풍부하게 뿌려댄다.

내가 느끼는 가을은 씨 뿌리기에 대해서보다는, 여름에 무성했던 초록빛이 갈색이 되고 죽어가기 시작한다는 사실이 먼저 떠오른다. 가을의 빛깔은 내게 멜랑콜리한 즐거움을 주었으며 주변 자연의 아름다움 때문에 더욱 고양되는 상실감에 젖어 들었다. 나는 새 생명의 희망으로 들뜨기보다는 다가오는 죽음에 대한 생각으로 가라앉는 기분이 든다.

하지만 죽음과 씨 뿌리기라는 가을의 역설을 탐험하면서, 나는 비유의 위력을 느낀다. 나 자신의 인생의 계절 속에서 가을을 경험하면서 나는 의미의 타락, 관계의 쇠퇴, 일의 종말과 같은 표면적 현상만을 보는 것에 그쳤었다. 하지만 내가 좀더 깊이 보았다면 다음 계절에 맺을 열매를 품고 있는 무수한 가능성이 심어지는 것을 볼 수 있었을 것이다.

돌아보면, 내 인생에서도 그때 당시에는 보지 못했던 것들이 이제는 보인다. 실직이 내게 필요한 일을 찾는 데 도움이 되었음을, '길 막혔음'이라는 표지 덕분에 내가 방향을 돌려 가야 할 길로 들어서게 되었음을, 회복 불능이라고 느꼈던 손실 덕분에 내가 진짜 알아야 할 의미를 깨닫게 되었음을. 표면상으로는 인생이 작아지는 듯 보였지만, 언제나 소리 없이 그리고 풍부하게 새 생명의 씨앗이 뿌려지고 있었다.

삶이 죽음 안에 숨겨져 있다는 이 희망찬 개념은 가을의 멋진

풍광 덕분에 더욱 그 힘을 얻는다. 자연이 그렇게 하지 않았다면 대체 어떤 화가가 죽음의 계절을 그토록 아름다운 빛깔로 색칠했겠는가? 죽음을 두려워하고, 추하고 불결한 것으로 여기는 우리 눈에는 안 보이는 아름다움이 죽음에 있는 것인가? 죽음과 우아함이 손을 맞잡고 있음을 보여 주는 가을을 우리는 어떻게 이해해야 하는가?

나는 이 질문들에 가장 적절한 대답을 토머스 머튼의 '보이는 모든 것에 온전함이 숨어 있다.'라는 말에서 구했다. 눈에 보이는 자연의 세계에서 위대한 진실은 흔히 볼 수 있는 곳에 숨어 있다. 쇠락과 아름다움, 어둠과 빛, 죽음과 삶은 상반되는 것들이 아니다. 이것들은 '숨겨진 온전함'의 역설 속에 함께 존재한다.

역설 속에서 상반되는 둘은 각각을 부인하지 않는다. 그 둘은 현실의 심장부에서 신비스러운 결합체로 하나가 된다. 나아가, 그 둘은 같이 있어야 건강하다. 우리 몸에 들숨과 날숨이 모두 있어야 하듯 말이다. 하지만 역설의 복잡함보다 이것 아니면 저것이라는 손쉬운 사고방식을 선호하는 문화에서 상반되는 둘을 동시에 간직하기란 쉽지 않다. 우리는 어둠 없는 빛을 원하며 가을과 겨울의 고난 없이 봄, 여름의 영광을 원한다. 그런 파우스트적인 거래는 우리의 삶을 지탱해 주지 못한다.

어둠이 두려워 항상 빛이 있어야 한다면 해결책은 단 하나, 바로 인공조명이다. 인공조명은 화려하지만 품위 없고, 그 영역만 넘어가면 어둠이 기승을 부려 떨쳐 버리려 애쓸수록 더 큰 공포를 조장할 뿐이다. 어둠이나 빛 모두 따로 떨어져서는 인간과 함께 살기에 적당하지 않다. 하지만 어둠과 빛의 역설을 받아들이면 그 둘은 함께 힘을 모아 모든 살아 있는 것에 완전함과 건강을 선사한다.

가을은 새 생명의 전조로서 매일 죽음이 있어야 한다는 사실을 끊임없이 상기시킨다. 만약 내가 가을의 쇠락에 도전하는 생명을 '만들려고' 한다면, 그 생명은 잘 해야 생기라곤 없는 인공적인 것이 되고 말 것이다. 하지만 삶과 죽음, 죽음과 삶의 끊임없는 상호작용을 인정하면 내가 받은 생명은 진짜이며 생기 있는 것으로 열매 맺을 것이며 완전한 것이 될 것이다.

겨울

가을에 일어나는 작은 죽음들은 겨울에 불어닥치는 가혹한 된서리에 비하면 포근한 전조에 불과하다. 남부의 유머작가 로이 블라운트^{Roy Blount}는 "여기 내가 살고 있는 북쪽 중서부 지방의 겨울은 그냥 날씨가 아니라 신이 내리는 형벌"이라고 꼬집어 말한 바 있다. 옛날에 이곳에 살던 누군가가 아주 나쁜 짓을 해서 지금까지 그 죗값을 치르는 거라는 얘기다.

이곳의 겨울은 아주 힘겨운 계절이다. 모든 사람이 그런 훈련을 고맙게 여기지는 않는다. 죽음의 승리가 위대해 보이는 계절이다. 생물의 움직임은 거의 없고, 식물이 자라는 것도 눈에 보이지 않으며 자연은 꼭 인간의 적인 것만 같다. 하지만 가을의 쇠락이 그랬던 것처럼 겨울의 광포함에도 놀라운 선물이 따라온다.

하나의 선물은 아름다움이다. 가을의 아름다움과는 다르지만 한편으로는 더욱 사랑스러운 그런 아름다움. 지구상의 어떤 소리, 어떤 광경이 소리 없이 소복이 내리는 눈만큼 아름다울 수 있을까?

또 하나의 선물은 모든 살아 있는 것에는 겨울잠과 깊은 휴식이 꼭 필요함을 일깨워 주는 것이다. 물론 겉으로 보는 것과는 달리, 자연은 겨울에 죽어 있는 것이 아니다. 자연은 스스로를 새롭게 하고 봄을 준비하기 위해 땅 밑으로 내려갔다. 겨울은 우리에게 부드러운 훈계를 주는 계절이며, 심지어 우리 스스로 그런 훈계를 할 마음이 들게 하는 계절이다.

하지만 나에게 겨울은 최고의 선물을 간직한 계절이다. 그건 바로 하늘은 맑고, 햇빛은 찬란하며, 나무들은 벌거벗었고, 첫눈은 아직 오기 전 그때이다. 바로 완전한 투명함이다. 겨울에 숲속으로 걸어 들어가면 불과 몇 달 전만 해도 여름의 푸르름이 시야를 가로막던 것과 달리, 한 그루씩 또는 한꺼번에 나무들의 또렷한 모습을 볼 수 있다. 또 그들이 뿌리 내린 땅을 볼 수 있다.

두 해 전 아버지가 돌아가셨다. 아버지
는 정말 좋은 분이셨고, 아버지가 돌아가신 후 몇 달은 내게 길고
도 힘든 겨울이었다. 하지만 그 얼음과 상실 한복판에서 나는 아버
지가 살아 계실 때는 갖지 못했던 어떤 투명함과 부딪혔다. 그분의
넉넉한 사랑이 나를 둘러싸고 있을 때는 감추어져 있었던 무언가
를 보았다. 인생의 가혹한 펀치의 위력을 완화시켜 주던 그분의 도
움에 의존하고 있던 나를 보았다. 이제 더 이상 아버지의 도움을
받을 수 없게 되었을 때 내가 맨 처음 했던 생각은 '이젠 내 힘으
로 해야 해.'라는 것이었다. 하지만 시간이 흐르면서 나는 더 깊은
진실을 발견했다. 아버지가 충격을 완화시켜 주셨다는 사실이 아
니라 내게 더 크고 깊은 은총에 기대라고 가르쳐 주신 것이다.

아버지가 살아 계셨을 때 나는 '가르치는 것(teaching)'과 '교사
(teacher)'를 혼동했다. 나의 아버지는 이제 안 계시지만 그 은혜는
지금도 남아 있다. 그리고 그 사실을 분명하게 깨닫고 나니 아버지
의 가르침은 내 안에 더 깊이 뿌리내리게 되었다. 겨울은 눈앞의
풍경을 깨끗이 치워 준다. 혹독하긴 하지만, 그럼으로써 우리에게
자기 자신과 서로를 더 분명히 볼 수 있는 기회, 우리 존재의 밑바
닥까지 볼 수 있는 기회를 준다.

북쪽 중서부 지방에는 전통적으로 새로 이사 온 사람에게 다음과 같은 충고를 해 준다. "이곳에서는 겨울 속으로 뛰어들지 않으면 겨울 때문에 미쳐버릴 겁니다." 이곳 사람들은 많은 돈을 들여 따뜻한 옷을 장만하는 덕분에 바깥출입도 할 수 있다. 그래서 추운 겨울 몇 달씩 난로 옆에서 웅크리고 보내는 데서 생기는 병인 '오두막 열병'에 걸리지 않을 수 있다. 이곳에서 오래 살다 보면 두려워하는 겨울의 한복판으로 대담하게 나아가 날마다 산책을 하는 것이 몸과 마음을 더욱 튼튼하게 해 준다는 사실을 알게 된다.

우리 내면의 겨울은 실패, 배신, 우울증, 죽음 등 여러 가지 형태를 보인다. 하지만 내 경험으로는 그들 모두가 주는 충고는 똑같다.

"겨울 속으로 뛰어들지 않으면 겨울 때문에 미쳐버릴 겁니다." 우리가 가장 피하고 싶은 두려움 속으로 대담하게 들어서기 전까지는 그 두려움이 우리 인생을 지배한다. 하지만 우리가 그 안으로 똑바로 걸어 들어가면 우정이나 내적 훈련, 또는 영적 인도라는 따뜻한 보호 장구를 껴입고 동상에 걸리지 않은 채 그들이 전해 주는 가르침을 배울 수 있다. 그러고 나면 우리는 계절의 순환이 믿을 만한 것이며 생명을 주는 것임을 다시 한 번 발견한다. 심지어 가장 힘든 계절에도 그렇다.

봄

봄이 오면 그 계절적 화려함에 나는 낭만적 감상에 빠져든다. 하지만 아픈 진실 하나를 먼저 얘기해야겠다. 봄은 그 아름다움을 갖추기 전에 진흙과 오물에 지나지 않는 추한 모습을 드러낸다는 것이다. 이른 봄에 들판을 걷다보면 장화가 푹푹 빠지고 세상은 온통 눅눅하고 질척해서 오히려 꽁꽁 얼어 있던 땅을 그리워하게 만든다. 하지만 이 진흙 범벅 속에서 부활을 위한 환경이 창조되고 있다.

식물의 뿌리에 양분을 공급하는 썩은 채소 등의 부산물이라는 의미를 가진 '부식토(humus)'라는 단어의 어원은 '겸손(humility)'의 어원과 같다. 나는 이 사실이 무척 기쁘다. 이것은 축복받은 어원이다. 이 사실은 '내 얼굴에 똥칠을 한' 일이나 '내 이름에 먹칠을 한' 생의 굴욕적인 사건들이 새로운 것이 자랄 수 있는 비옥한 토양을 만들었을 수도 있음을 보여 준다.

봄은 서서히 망설이듯 시작되지만 꾸준히 성장하여 끝내 나를 감동에 빠트린다. 제일 작고 연약한 새싹들도 꾸준히 제 길을 따라 땅을 뚫고 올라온다. 불과 몇 주 전만 해도 아무것도 키워내지 못할 것처럼 보였던 땅을 말이다. 크로커스나 아네모네는 오래 피어 있는 꽃은 아니다. 하지만 잠깐이나마 이 꽃들의 출현은 언제나 희망의 조짐을 보여 준다. 그 작은 시작으로부터 희망은 기하급수적으로 자라난다. 낮은 점점 길어지고 바람은 포근해지며 세상은 다시 초록빛으로 물들어간다.

내 인생이 겨울에서 봄으로 넘어갈 때, 나는 진흙탕을 지나는 것만 힘들었던 게 아니다. 더 큰 생명이 다가올 거라는 작은 조짐도 믿기 힘들었으며, 그 결과가 확실할 때까지는 희망을 품기도 힘들었다.

봄은 내게 가능성을 지닌 초록 줄기를 좀더 주의 깊게 살펴보라고 가르친다. 직관적인 육감은 폭넓은 통찰력으로 변한다. 눈빛과 손짓이 얼어붙은 관계를 녹일 수도 있으며, 낯선 이의 친절한 행동이 세상을 다시금 살 만한 곳으로 보이게 하기 때문이다.

봄의 충만함을 옮겨 적기란 쉬운 일이 아니다. 늦봄은 너무도 화려해서, 기교보다는 열정이 넘쳐나는 시인들이 오래전부터 늦봄을 노래했다. 하지만 아마도 그 시인들의 요점은 하나일 것이다. 우리가 운명적으로 이 화려함에 굴복하여 깨닫는 바는 이런 것일 게다. 인생은 언제나 겨울이 강요하는 바대로 자로 재듯 측정하며 사는 게 아니라, 가끔은 다채로운 색채와 성장에 탐닉해 흥청망청하게 될 때도 있음을 이해하게 되는 것이다.

늦봄은 자연의 축제 기간이다. 필요성이나 이유 따위는 모두 접어둔 채 꽃봉오리를 피우는 엄청난 선물을 안겨 준다. 순수한 기쁨 그 하나의 이유만을 위해 겨울에는 모두 거두어 가버린 것처럼 보였던 생명의 선물을 다시 선사하는 것이다. 자연은 그것을 몰래 감추어 두지 않고 모두 아낌없이 준다. 여기에는 모든 전통적인 지혜의 말씀에서 알려져 있는 또 하나의 역설이 있다. 선물을 받았을 때 그것을 계속 살아 있게 하는 방법은 움켜쥐고 있는 것이 아니라 그것을 다른 사람에게 전달하는 것이다.

물론 사실주의자들은 자연의 낭비에는 어떤 실용적인 기능이 있는 거라고들 말한다. 또 당연히 그럴 것이다. 하지만 나는 애니 딜라드가 '나무의 무절제'에 대해 쓴 글을 읽고 나니 의구심을 품지 않을 수 없다. 그녀는 평범한 나무 한 그루가 자기 설계를 할 때도 얼마나 낭비가 심할 수 있는지에 대해 이야기한다.

잘 믿어지지 않으면 그녀의 제안대로 당신이 이제 마주치게 될 맨 처음의 나무를 모델로 시험해 보라. 사실주의자들을 조롱하듯 그녀의 글은 이렇게 이어진다.

"당신이 하느님이라고 합시다. 이제 당신은 숲을 만들려고 합니다. 흙이 있고 태양 에너지가 가득하며 산소를 내뿜는 그런 숲을 말이지요. 어떻게 그것을 만들겠습니까? 그냥 널빤지를 대충 잘라서 화학약품을 들이붓고 질척한 초록색 들판을 만드는 게 더 간단하지 않나요?"

가을의 풍족한 씨 뿌리기에서부터 엄청난 봄의 선물 공세에 이르기까지 자연은 한결같은 교훈을 일러 준다. 즉, 우리 생명을 구하고 싶다면 그것을 움켜쥐고 있지 말고 아낌없이 써 버리라는 것이다. 지나친 손익 계산과 생산성, 시간과 활동의 능률성, 수단과 목적의 합리적인 관계, 적당한 목표를 세우고 거기에 이르는 '최단 코스(beeline)'를 만들어내는 것에 집착하면, 우리가 하는 일이 결실을 맺기도 힘들고, 우리 인생에서 봄의 충만함을 누리기란 힘들 것이다.

언제부터 '꿀벌이 다니는 길(beeline)'을 최단 코스라는 잘못된 뜻으로 쓰기 시작했을까? 봄에 꿀벌들이 일하는 모습을 잘 보라. 벌들은 꽃과 자신의 운명을 희롱하며 이곳저곳을 날아다닌다. 분명, 벌들은 실리적이며 생산적이다. 하지만 그 일을 동시에 스스로 즐기고 있을 거라는 내 생각을 바꾸어 놓을 수 있는 과학적 증거는 어디에도 없다.

여름

내가 사는 이곳의 여름은 한마디로 풍요 그 자체이다. 숲은 덤불로 가득하고 나무에는 열매가 주렁주렁 달려 있고, 초원에는 야생화와 목초가 지천이며, 들판에는 밀과 옥수수가 물결치고, 정원에는 호박이, 뒤뜰에는 잡초가 무성하다. 봄의 충격과는 대조적으로 여름은 안정된 풍요의 상태이다. 넘쳐나는 초록빛과 황금빛이 우리가 아는 것 이상으로 우리를 먹이고 기른다.

물론 자연이 언제나 풍요만을 생산하는 건 아니다. 여름에 닥쳐온 홍수나 가뭄이 수확을 망쳐놓아 들에서 일하는 사람들의 생명까지 위협하는 경우도 있다. 하지만 자연은 대개 궁핍의 시기에도 언젠가 풍요로운 들판이 돌아올 것을 보여줌으로써 우리에게 궁핍과 풍요가 순환되는 것임을 일깨워 준다.

이런 자연현상은 인간의 본성과 극명하게 대조를 이룬다. 인간은 마치 그것이 인생의 법칙이라도 되는 양 끊임없이 결핍을 느낀다. 나는 매일같이 필요한 무언가가 부족하다는 생각을 얼마나 빨리 해대는지에 놀랄 지경이다. 내가 재산을 축적하는 것은 재산이 충분하지 않다고 믿기 때문이며, 다른 사람과 권력 싸움을 벌이는 것은 권력이 제한되어 있다고 믿기 때문이고, 질투심을 느끼는 것은 남이 너무 많이 사랑받으면 내가 주목받지 못할까봐 그런 것이다.

이 글을 쓰면서도 나는 이놈의 결핍과 싸워야 했다. 텅 빈 종이를 뚫어져라 바라보면서 아이디어와 이미지, 예화가 떠오르지 않아 절망에 빠지기는 얼마나 쉬운가. 이미 쓴 글을 다시 보며 "썩 마음에 들진 않지만 그냥 이걸로 하지 뭐. 더 나은 게 나올 거라는 보장도 없으니까."라고 말하기는 얼마나 쉬운가? 가능성의 연못에는 바닥이 없고, 거기에 풍덩 뛰어들면 더 많은 걸 찾아낼 수 있다는 사실을 믿기란 정말 쉽지 않다.

아이러니는, 우리가 두려워하는 바로 그 결핍은, 사실 우리가 결핍이라는 가설을 받아들이는 데서 생긴다는 것이다. 내가 어떤 물건들을 쌓아 두면 적게 가진 사람이 있어야 하니 나는 결코 충분하다는 생각이 안 들 것이다. 내가 권력의 사다리를 오르기 위해 싸운다면, 지는 사람이 있어야 하니 나는 결코 마음을 놓지 못할 것이다. 내가 사랑하는 사람에게 질투를 느낀다면, 나는 그 사람을 멀리 쫓아버릴 것이다. 내가 쓴 어휘들이 어쩔 수 없는 최후의 선택인 듯 거기에 집착하면 새로운 가능성의 연못은 말라버리고 말 것이다. 우리는 결핍을 두려워하면서 그것을 법칙처럼 받아들인다. 마치 사하라 사막의 마지막 오아시스 앞에 서 있는 것처럼 다른 사람과 경쟁을 벌임으로써 오히려 결핍을 만들어 내고 있다.

인간 세상에서 풍요는 저절로 이루어지지 않는다. 풍요는 우리가 공동체를 이루려는 의식을 가지고, 공동으로 저장한 것들을 자축하고 함께 나눌 때 찾아온다. 돈, 사랑, 권력, 어휘, 부족한 자원이 무엇이든 그것이 주어질 것이라고 믿고 서로 돌려쓰면 그 자원을 더 많이 만들어낼 수 있다. 그것이 진짜 인생의 법칙이다. 진정한 풍요는 든든하게 쌓아놓은 음식이나 현금, 권력, 애정에 있는 게 아니라 그런 것들을 필요한 사람에게 나누어 줄 수 있는 공동

체 안에 속해 있을 때 찾아온다.

　　　　　　나는 때로 대학에서 교육자들을 대상으로 강의할 때, 내가 아는 가장 치열한 문화 중의 하나인 학계에서 공동체가 얼마나 중요한지 얘기하곤 한다.

한 번은 이런 일이 있었다. 내 말이 끝나자 강의를 듣던 교수 중 한 명이 일어나서 자기를 '생물학 명예 석좌 교수'라고 소개하고 발언을 시작했다. 다소 거창한 자기소개 때문에 나는 그가 내 말에 반박할 거라고 생각했지만 의외로 그는 간단히 말했다.

"물론 우리는 공동체(커뮤니티) 안에서 함께 사는 법을 배워야 합니다. 결국, 그게 단 하나의 훌륭한 생물학이죠."

이전의 생물학은 '적자생존'이나 '약육강식' 같은 불안한 비유로 사람들을 몰아댔지만 이제는 새로운 비유가 있다. 바로 '커뮤니티'이다. 물론 지금도 죽음은 있다. 하지만 지금은 죽음이란 풍요로운 삶을 영위하는 커뮤니티에 전해지는 유산으로 이해된다.

여기 여름철의 진리가 있다. 풍요는 공동의 행위이자 복잡한 생태계에서 이루어지는 공동 창조이다. 그 생태계 안에서 각각의 부분이 전체를 위해 기능을 발휘하며 그 대가로 전체가 이들을 지탱해 준다. 공동체가 그냥 풍요를 창출하는 게 아니라 공동체가 곧 풍요이다. 우리가 자연의 세계로부터 이 공식을 배울 수 있다면 인간 세상도 변화할 것이다.

여름은 가을과 겨울, 봄이 약속했던 약속어음 지불일이 다가오는 계절로, 해마다 그 빚을 복리 이자를 쳐서 갚는다. 여름에는 이전에 우리가 자연의 과정을 의심했던 것도, 마지막 단어인 죽음이란 말을 꺼냈던 것도, 새로운 생명력에 대한 믿음을 잃었던 것도 모두 잊어버리기 쉽다. 여름은 우리가 가진 믿음이라는 게 그리 굳건하지 않음을 상기시켜 주는 계절이다. 여름은 우리의 불안한 음모를 접어 두고 일상생활에서 지속되는 풍요로운 은혜를 맘껏 누릴 수 있는 유일한 계절이다.

삶이 내게 말을 걸어올 때

초판 1쇄 발행 2001년(단기 4334년) 12월 18일
개정 2판 1쇄 발행 2019년(단기 4352년) 2월 18일
개정 2판 6쇄 발행 2023년(단기 4356년) 9월 26일

지은이 · 파커 J. 파머
옮긴이 · 홍윤주
펴낸이 · 심남숙
펴낸곳 · (주)한문화멀티미디어
등록 · 1990. 11. 28. 제 21-209호
주소 · 서울시 광진구 능동로 43길 3-5 동인빌딩 3층 (04915)
전화 · 영업부 2016-3500 편집부 2016-3507
http://www.hanmunhwa.com

운영이사 · 이미향 | 편집 · 강정화 최연실 | 기획 홍보 · 진정근
디자인 제작 · 이정희 | 경영 · 강윤정 조동희 | 회계 · 김옥희 | 영업 · 이광우

만든 사람들
책임 편집 · 강정화 | 본문 사진 · 김동일
표지 디자인 · 오필민디자인 | 본문 디자인 · 이정희

ISBN 978-89-5699-347-8 03810